Il banchetto di nozze e altri sapori

Carmine Abate

海と山のオムレツ

カルミネ・アバーテ
関口英子 訳

CREST BOOKS
Shinchosha

海と山のオムレツ　目次

SECONDI E ALTRI SAPORI
第二の皿と、そのほかの味覚

Il cuoco d'Arbëria e la Villa Gustosa
アルベリアのシェフと、美食の館………*95*

Canederli
カネデルリ………*105*

Polenta con 'nduja
ポレンタとンドゥイヤ………*113*

Il miracolo dell'acqua
水の奇蹟………*122*

La casa dell'Ulivo di Luca
ルカのオリーヴの家………*128*

Aglio, olio e dignità
大蒜とオイルと自尊心と………*132*

Il cuoco d'Arbëria e la ricetta segreta
アルベリアのシェフと秘密のレシピ………*140*

DESSERT A PUNTA ALICE
アリーチェ岬でのデザート

La cuzzupa con l'uovo rosso di robbia
クツッパと茜に染まった卵………*155*

Nota con dedica e brindisi
注記と献辞と乾杯と………*164*

訳者あとがき………*166*

Indice
目次

ANTIPASTO A PUNTA ALICE
アリーチェ岬での前菜

La frittata mare e monti
海と山のオムレツ………*11*

PRIMI E ALTRI SAPORI
第一の皿と、そのほかの味覚

Il cuoco d'Arbërìa e il banchetto di nozze
アルベリアのシェフと婚礼の宴………*21*

La patata dal profumo misterioso
不思議な香りのじゃが芋 ………*31*

Le tredici buone cose del Natale
クリスマスの十三品のご馳走………*42*

Il sapore della cuntentizza
喜びの味………*48*

L'anguria gigante
巨大なスイカ………*59*

A favorire
一緒に食べていったら？………*67*

L'estate in cui conobbi Anna Karenina
アンナ・カレーニナを知った夏………*79*

IL BANCHETTO DI NOZZE E ALTRI SAPORI

by

Carmine Abate

The original edition was first published in Italy by Arnoldo Mondadori Editore
This edition was published in arrangement with Grandi & Associati, Milan
through Tuttle-Mori Agency, Inc., Tokyo

Painting by Ulala Imai
Design by Shinchosha Book Design Division

海と山のオムレツ

料理をし、それを共に食すという行為は、迎え入れることを意味する。
愛する者や友、そして子どもや孫を。

ジャン＝クロード・イゾ

アリーチェ岬での前菜《アンティパスト》

ANTIPASTO A PUNTA ALICE

海と山のオムレツ

僕に一緒に行くと言わせたくて、祖母は、その辺りでとりわけ光に満ちた場所に連れていってくれると約束した。見る者の心を奪う魔法の場所だ。

夏のことだった。七歳だった僕は、チロ・マリーナで人生二度目の避暑を過ごしていた。その前の年、誰も聞いたことのないような名前の病気から快復したところだった。ひどく深刻な病状で、二か月のあいだナポリの病院に閉じ込められていた。以来、僕は家族から「万年病みあがり」の扱いを受けるようになった。壊れやすい人形さながらに。海辺の空気や砂風呂、魚介類のスープは、僕の健康にとって最良の薬と見なされた。お蔭で、僕はいかにも健康そうな、ふっくらとした顔つきを取り戻した。むろん、そこには祖母の料理も一役買っていた。ところが、ひと月ふた月と経つうちに、しだいに強情で甘えん坊な、ものぐさで反抗的な子どもになっていった。

祖母の誘いに僕は答えた。「いやだ。一緒に行かない。歩きたくなんかないよ」

祖母は微笑んだ。僕の扱い方を心得ていたのだ。

「一緒に来るのなら、〈海と山のオムレツ〉をつくってあげる。おまえさんの大のお気に入りのやつだ。向こうに着いたらすぐに食べられるようにね」

それは僕を行く気にさせる唯一の方法だった。祖母ならではの風味豊かな脅迫。僕は眉根を寄せて祖母を見ただけで、返事はしなかった。本当に約束を守ってくれるのか見極めたかったのだ。

僕たちは遠い親戚の家に泊めてもらっていた。小ぶりのベッドがふたつと、料理用のコンロがひとつ設《しつら》えられた古い部屋だ。食料品はまとめて小さな棚にしまっていた。どれも母が村から送ってくれたものばかりだ。チロ・マリーナではほとんど買い物をしなかった。買うとしたら辛いサルデッラぐらい。青背の魚の稚魚《しらす》に赤唐辛子を混ぜて練ったもので、パンに塗って食べるのだ。それと、毎日ジェラートをひとつずつか、フィーキ・ディンディア（ヒラウチワサボテン）をふたつずつ。裸足の子どもたちが道端で売っていて、器用に皮をむいてくれる。村にいるときの僕は、フィーキ・ディンディアなんて見向きもしなかった。ただで好きなだけ手に入ったからだろう。それがマリーナでは世界一おいしい果物のように思えたものだった。

祖母はいちばん大きなフライパンと、自身の創作料理である〈海と山のオムレツ〉に入り用な食材を取り出した。ピガードで採れたオリーヴオイルに、うちの雌鶏の卵を五、六個、腸詰《サルシッチャ》めの大きな塊、あまり辛すぎないサルデッラを大さじ二杯、オイル漬けのマグロを一切れ、赤玉葱一個、パセリ、それに胡椒《こしょう》と塩を少々。祖母の手は小さくてほっそりしていたけれど、とても頑丈だった。まず腸詰め《サルシッチャ》と玉葱を刻み、大きな器の縁に卵をこつんとぶつけて割り入れ、そこにすべての材料を加え、フォークを使って驚くほどのスピードでかき混ぜる。フライパンにひいた油がぱちぱちと音を立てはじめるのを待って、祖母は混ぜた材料を丁寧にあけると、言った。

「きっとおいしくできるよ」

立ちのぼる香りが鼻をくすぐりはじめた。祖母が焼きたての柔らかなパン——地元で「シュティプラ」と呼ばれているパンだ——を半分に切って、オムレツを挟むのを見ているうちに、僕の口には生唾が湧いてくる。

「それじゃあ、一緒に来るね?」二人分の朝食を油紙で包みながら、祖母は尋ねた。

僕は、祖母の術中にはまるのが癪で返事はしなかったけれど、お腹をすかした仔犬のように後をついていった。

小さな港を通りすぎ、土埃の舞う道を抜けて、ミントの香りを放つ木々が生い茂る森へと分け入った。祖母はこの木を「カリプシ」と呼んでいた。

むきだしになった肩に太陽がじりじりと照りつけ、僕は汗だくだった。目がくらむほど日射しが強烈だったけれど、それでも泣き言は洩らさなかった。早く〈海と山のオムレツ〉にかぶりつきたい一心だったのだ。祖母はそれを麻のナフキンに包んで、ミネラル・ウォーターのボトルと一緒に持っていた。

途轍もなく大きく見えた灯台を通り越し、僕らは誰もいない砂浜で立ちどまった。トルコブルーの透明な海からすぐのところだ。

「これがアリーチェ岬《プンタ》だよ」祖母は、腕で芝居がかった仕草をしてみせた。まるで、「アリーチェ」という名前で、「プンタ」という苗字の、大切な人を紹介でもするかのように。

僕らのまわりには誰もいなかった。カモメが飽きもせずに海中に頭を突っ込んでは、小魚をたらふく食べようとしているくらいだ。聞こえてくるものといえば、波の音と、ときおり熱風に運ばれて気だるく響く蝉の合唱だけ。僕はぽかんと口を開け、貪欲に魚を呑み込むカモメのような勢いで想像をめぐらせていた。

そのとき祖母が地面にひざまずき、砂に、恋をしている女性のような甘い口づけをした。

「なにしてるの？　そんなのヘンだよ」僕は驚いて大声をあげた。

祖母はゆっくりと立ちあがり、膝や唇についたきらきら輝く砂をふるい落とすと、口づけの理由を語りはじめた。僕らの先祖のアルバレシュ人が十五世紀の終わりに流れ着いたのがこの砂浜だったのだ。故郷のアルベリア（アルバニアの古称）がオスマン帝国に侵略されたときのことだ。祖母は、僕らの村を創設する前に先祖たちがたどった道を指し示した。ひろげた手でアーチを描くと、たちまちそこにきらめく色が満ちはじめる。まるで祖母の指が魔法の絵筆であるかのように。虹の中央にまばゆい光に満ちた場所が浮かびあがり、僕はよく知らないながらも、早くも親しみを覚えていた。海を起点として、つまりアリーチェ岬の灯台から、単線の鉄道に並行して走る道路を越え、麦の切り株で黄色く染まった丘を包み込む。丘の上には、風にたわんだオリーヴの木々や小さな教会、「サラセン人の市場《メルカーティ・サラチェーニ》」と呼ばれる遺跡や、平らな石を積みあげた塔が異彩を放ち、塔には海をじっと見据える目のような穴が開いていた。その後、切り立った崖に挟まれた深い窪みに沿って登っていくと、ひとつだけぽつんとある丘にたどり着く。そこが僕たちの村だった。祖母は、そんな村を女の人の乳房の上におかれたブローチのようだと言い、僕は空を飛ぶ鷲を連想した。

「きれいなところだろ？」

「うん、きれいだね」僕はうっとりと見惚れて相槌を打った。灯台、誰もいない砂浜、海、空を飛ぶ鷲、そして朝ごはんが入った麻のナフキン。

「お祖母《ばあ》ちゃん、僕、お腹ぺこぺこだよ！」

祖母はにっこりと笑った。真っ白な歯に、海の碧いきらめきを映じた緑色の瞳をしていた。

「ほら、おまえさん、お食べ。食欲があるのは、おつむから足の先まで元気な証拠だよ。いまのおまえさんのようにね」

僕は半分に切ったパンを手でつかみ、食欲旺盛な目つきで眺めた。思い描いていたとおりだった。オイルが皮まで浸みて、パンが柔らかくなっている。どこまでがオムレツでどこからがパンかもわからないほど、全体から香りを放出していた。

祖母は感慨深げに僕を見つめた。前の年、正体不明の病で命を落としかけていた僕が、いまこうして祖母と一緒にアリーチェ岬を眺め、祖母の健康的な料理を味わっているのだ。

僕は目をつぶり、ひと口かぶりついた。それまで食べたことのあるなかでいちばんおいしいオムレツだった。

僕は、現実世界で続いていく素晴らしい夢から醒めたかのように目を開けた。すると瞳が海の碧とカモメでいっぱいになった。幸せだった。目の前に海がひろがり、背後には灯台。すぐ隣には祖母がいて、口の中はオムレツの味で満たされている。パン屑をひとつかみ、右の方向に投げた。そこには僕より食い意地の張ったカモメが四、五羽いた。僕は感謝の気持ちをこめて祖母に微笑みかけた。その一瞬の隙をつかれ、パンが手からひったくられるのを感じたが、すでに遅かった。カモメのなかでもいちばん狡猾な一羽が、いちばん遠いところにいたくせに、くちばしを開けて僕めがけて飛んできたのだ。

完全な不意打ちに僕は怒ることすら忘れ、パンが空中を飛び、ほかのカモメたちが争いながら追いかけていくのを見ていた。まるでアクロバット飛行をする小さな戦闘機のように、上昇と下降を繰り返す。ちょうど僕らの眼前の海の上まで飛んでいったところで、狡猾なカモメは追いかけてきた二羽につつかれた。僕のパンが海面へと落ちていき、強欲なくちばしでつつかれるたびに、落下する向きを変えながら、しだいに空中でばらばらになる。パンとオムレツの切れ端を、飛んでいるカモメが無我夢中で正確にキャッチした。僕は、その光景をあんぐりと口を開けて眺めるばかりだった。そのうちに、怒りが胸の内でじわじわとふくらみ、顔も火照ってきた。握った両手のこぶしを震わせて勢いよく立ちあがると、カモメに石を投げつけてみたものの、命中しなかった。「いたずらカモメ！　ひどいじゃないか！　ちくしょう！　捕まえたら首をへし折ってやるぞ」わめき散らす僕を、祖母は唖然として見つめていた。

僕の残りの朝ごはんは、いったん波に呑まれたかと思うと、ふたたび水面に浮かびあがり、魚たちの丸い口の奥に吸い込まれていった。無数の青い魚たちは、カモメよりもさらに腹をすかせていたうえ、敏捷だった。空中にも水面にも、もはやひとかけらのパン屑もない。カモメが姿を消し、魚も姿を消し、〈海と山のオムレツ〉を挟んだ僕のパンも消えた。

僕は途方に暮れた。泣きだしたい気分だったけれど、やっとの思いで堪えた。祖母が自分の分を差し出して、こう言ってくれたからだ。「これをお食べ。おまえさんはまだまだ大きくなるんだ」そんな祖母の心からの申し出を、はじめのうち僕は拒絶した。「いらない。オムレツはお祖母ちゃんのだから、お祖母ちゃんが食べなよ。僕はもう食べたくない」それでも最後には根負けした。

そして、さっきとおなじくらい味わって食べはじめたけれど、こんどこそ用心深く、目をしっかりと見ひらいて、両手でパンを護るようにしていた。カモメはとっくにどこかへ行ってしまったようだった。

祖母は、大昔の僕らの父親のそのまた父親のことをふたたび話しはじめた。いま僕たちが座っているあたりに上陸した彼らも、見ず知らずの丘へと歩みを踏み出す前に、きっとここで僕のように何か腹ごしらえをしたにちがいない。対岸の、水平線の向こうに残してきた彼らの美しい故郷を、目を開けたまま夢見ながら。

僕はあのときの話の細かい部分までは記憶にないけれど、感動して聴いていたことは憶えている。そして、灯台や遠くに見える丘々、アリーチェ岬の上の光に満ちた空の眺めに見惚れていた。〈海と山のオムレツ〉の挟まったパンをじっくりと噛みしめながら。

第一の皿《プリモ・ピアット》と、そのほかの味覚

PRIMI E ALTRI SAPORI

アルベリアのシェフと婚礼の宴

「今日のような穏やかに晴れた日に出発したのです。いまから五百年も前のことですがね」宴が始まる前に、男がそう語りだした。「我々の祖先は、オスマン帝国の侵攻から逃れ、あふれんばかりの人や荷物を乗せた三艘のガレー船でアルバニアを後にしました。一艘には若い男たち、一艘には娘たち、もう一艘にはパンとワインを積んで。昔からそう歌い継がれていますが、いいですか、新郎新婦、それにご列席の紳士淑女の皆さん、私は歌のとおりだったとは思いません」赤ワインの入ったグラスを手にした男は続けた。「というのも、第一に若い男たちと娘たちはおなじ船に乗っていたはずですし、なかには年寄りや子どもだっていたはずです。ちょうどこの結婚式の宴の席のように。それが昔ながらの慣習なのですから。第二に、運んでいたのはパンとワインだけではないはずです。私はそう確信します。その証拠は、この胃袋のなかにあります。パンと一緒に食べる付け合わせや、そのほか郷里のさまざまな味覚や香りを運んでいたはずです。そうしたすべてが、カルフィッツィの料理自慢の奥さん《ゾーニェ》たちが私と一緒に腕をふるって作ったこの料理に活かされているのです。どうぞ皆さん、世界最古の歴史を誇るチロワインとともに心ゆくまで味わってください。このワインは、古代ギリシアで開催されていたオリンピックで勝利を収めた競技者たちに贈られたとされるものです。さあ、新郎新婦の幸せと将来の繁栄、健康な子孫に恵まれることを祈って乾杯しましょう」男はそう締めくくると、ひと息でグラスを飲み干した。

参会者たちは一斉に拍手をし、歓声をあげた。「いいぞ、素晴らしい。それでこそアルベリアのシェフだ」僕ら子どもたちも、少し遅れて歓声に加わった。「ブラボー、アルベリアのシェフ万歳」

あの当時、「アルベリア」というのは、南イタリアの各地に点在するアルバニア系イタリア人の五十ほどの共同体の総称だということを、僕ら子どもは誰も知らなかったように思う。僕は、シェフのお母さんがそんな一風変わった名前なのだと思い込んでいた。ようやく拍手や歓声が静まると、大人たちは競い合うように前菜を食べはじめ、カピコッロ（豚の首の肉で作った生ハム）、生ハム、腸詰め《サルシッチャ》、ソプレッサータ（豚の頭や耳、舌などを煮込んで固めたもの）のスライスの盛り合わせや、キノコ、茄子、各種のオリーヴの付け合わせが瞬く間に消えた。それだけでなく、フィク・パレット・エ・ティガーニ、すなわち、フィーキ・ディンディアの皮を、茄子やトマトやメロンの皮と一緒にフライパンで煮詰めたペーストを塗ったカナッペも、たちどころに食べつくされた。

父が僕のために一人分の前菜をとっておいてくれたからよかったものの、さもなければ完全に食べそびれるところだった。

アルベリアのシェフが手を叩くと五人の女性が現われて、湯気の立つ大きなトレーに盛られたシュトリーデラットを運んできた。白隠元豆《いんげん》とオリーヴオイル、大蒜《にんにく》、唐辛子、パプリカのソースをからめた自家製のパスタだ。頬が落ちそうなほどおいしいシュトリーデラットで、僕は父に負けじと二人前をぺろりと平らげた。

それはまだ宴の序の口にすぎないことを知らなかったのだ。

続いて、近所の家の窯で焼いた山羊肉のたっぷり入った土鍋《ティエッラ》を持った女性たちが入ってきた。自然と拍手が湧き起こる。

「仔山羊の窯焼き《ディ・テ・フーリ》、仔山羊の窯焼き《ディ・テ・フーリ》」僕ら子どもは、大声で歌いながらはしゃぎまわり、ラードや大蒜、イタリアンパセリ、唐辛子、じゃが芋などで旨味が最大限に引き出された山羊の肉にかぶりついた。口のなかに残った辛味を和らげるために、グラスに半分ならワインを飲んでもよいという約束だったけれども、笑いさんざめき、アルバレシュの歌に興じている大人たちの目を盗んで、僕らはグラスに一杯分を飲み干し、お蔭でますます陽気になった。

「では、皆さんお待ちかね……」アルベリアのシェフが告げた。「郷里のスペッツァーノ村でピシュク・ソウスと呼ばれている料理をどうぞご賞味ください。小麦粉をまぶした片口鰯を、村でとれた最高のオリーヴオイルで揚げ、ミントと大蒜と酢で香りをつけたふかふかのパンで包みました。指までしゃぶりたくなるようなおいしさです」

僕はそれまで魚を好んで食べたことはなかったけれど、その料理は格別で、無意識のうちに、衣のついた指を文字通りぺろぺろ舐めていた。続けて、父に勧められるままケッパーとオリーヴの付け合わせも食べた。うかうかしていると、たちまち食べつくされてしまいそうだった。

アルベリアのシェフは満悦の笑みを浮かべて、僕らの食べっぷりを眺めていた。年は三十五ぐらい、上背があって屈強、顔は丸っこく、よく動く黒くて小さな眼《まなこ》が印象的だ。スペッツァーノ・アルバネーゼ村の出身で、本業は農家、「アルベリアのシェフ」はあくまで趣味でしているらしい。はじめのうちはカラブリア州内のアルバレシュの村々をまわっていたのだけれども、やがて口コミで評判がひろまり、バジリカータ州やプーリア州のアルバレシュの村からも声が掛かるようになった。カンポバッソ県（モリーゼ州）のウルリやポルトカンノーネ、アヴェッリーノ県のグレーチなどにも訪れたことがあると得意満面で語っていた。一度などは、メッシーナ海峡を渡ってシチリア島のピアーナ・デッリ・アルバネージ（「アルバニア人の村」の意）まで赴いたこともある。いつも、石積み職人の兄から借りた、モルタルで汚れたおんぼろバイクのレオンチーノで移動していた。結婚式の前日に目的地に到着し、両家の協力を得て、豪勢な宴の準備にとりかかる。メニューは、彼が純粋なアルバレシュ料理と定義するものばかりだった。どれも、僕らの村では知られているけれども、地中海料理の影響を受けたり、あるいは近隣のほかのラテン諸国《リティール》でも、若干のヴァリエーションとともに親しまれたりしているレシピだ。とはいえ、アルベリアのシェフにしてみれば、仔細な蘊蓄など不要だった。彼自身がアルバレシュなのだから、彼の作る料理こそがアルバレシュであり、できあがったものをアルバレシュの料理名で呼ぶ。そして、アルバレシュの村でアルバレシュ人の結婚式のために宴の支度をし、宴のあとにはアルバレシュの円舞ヴァーリアを踊る。

彼はシェフというよりむしろ采配役であり、「優れた味見係」だった。その日、調理場で彼の手伝いをした母はそう言っていた。すなわち、調理場での作業を一から十まですべて書き出し、手伝いの女性一人ひとりに具体的な役目を割り当てる。そして自分はワインを飲みながら、できあがった料理の味見係に徹するのだ。結婚式の宴の支度をしているあいだじゅう、アルベリアのシェフは、新郎である僕の従兄の家で醸造した強いワインをひたすら飲み続けていた。それなのにちっとも酔わないのよね、と母は言った。いわばスポンジだ。おまけに機械《マシーナ》でもあった。弾丸のように喋り続けても少しも疲れない。彼の話すスペッツァーノ方言は僕らの方言より少しきつかったけれど、ほぼ似通っていた。なかでも食材の名称や料理名は僕らの方言とおなじで、発音もまったく一緒だった。

彼の巧みな指導のもと、カルフィッツィ村の女衆は婚礼を祝う三つのお菓子を準備した。いずれも負けず劣らず絶品だ。アルベリアのシェフは、愛情をこめてそのお菓子を会食者たちに紹介した。「さあ皆さん、ペータとムスタッツォーリとクラーチを召しあがれ。硬質小麦粉とオリーヴオイル、蜂蜜、粉砂糖を捏ねて作ったお菓子です。この甘美なおいしさを、ぜひじっくりと味わってください」盾の形、長方形、円など巧みに形作られ、新郎新婦のイニシャルのまわりに、ハートや葡萄の房、花、鳩、色とりどりの小さな玉、コンフェッティなどがあしらわれている。僕らは、まず目で存分にその魅力を味わってから、実際に口に入れてみた。

宴が終わると、参会者はそろってだだっぴろい部屋に移動した。片隅に楽器を手にした男が三人立っている。一人はアコーデオン、一人はマンドリン、そしてギターを持っているのは父だった。音楽がスタートすると、満場の拍手のなか、まず新郎新婦が踊りはじめ、次いでアルベリアのシェフに導かれた客たちが手をつなぎ、二人を取り囲むように円になって踊りだした。

円舞がどれほど続いたのか記憶にない。憶えているのは、たいそう美しい花嫁の波打つような長い髪と、ほかの踊り子たちのくねらせた足遣い、それと、ギターの弦を奏でる父の指の素早い動きだった。

見惚れている僕と目が合うたびに、母は微笑んだ。僕も幸せいっぱいの笑みを返した。実際、婚礼の祝宴が終わるころには、僕は自分がこの世でもっとも恵まれた子どものような気分になっていた。口のなかではさまざまな味覚が踊りつづけ、ひとつまたひとつと口蓋に張りつき、永遠に記憶に刻まれた。

夜になると、僕ら子どもだけでなく、大勢の大人も連れ立って、レオンチーノの駐めてある場所までアルベリアのシェフを送っていった。彼は一人ひとりに挨拶し、スター気取りで片手を高く掲げると、感謝の拍手に包まれ、白いハンカチが振られるなか、エンジンを吹かして走り去った。

僕はその婚礼の宴に心の底から感動し、それ以来「大きくなったらなにになりたい？」と大人たちに訊かれるたびに、こう即答していた。「アルベリアのシェフ！」

僕にはなんの迷いもなかった。「優れた味見役」に強烈に魅せられていたし、母もよく、好き嫌いの多かった僕になにかを食べさせたいとき、彼を引き合いに出していた。「ほら、お食べ、坊《ビル》や。残さずに食べるのよ。アルベリアのシェフに教わったとおりに、おいしいお料理を作ったのだからね」

率直なところ、僕には以前から母が作っていた料理とおなじ味としか思えなかった。僕はこれまでだって喜んでそれを食べてきた。トゥマーツ・メ・ドゥルーグンと呼ばれる自家製のタリオリーニ（卵の入った細い平打ちパスタ）、スラーカ・メ・ブークと呼ばれる隠元豆のクリームとパン、トゥマーツ・メ・キーケラは、灰汁《あく》を少々加えて深鍋で似たひよこ豆のソースで和えた手打ちパスタだし、グルール・テ・ジアールといえば聖ルチアに捧げる茹で麦、そしてブーク・エ・バスと呼ばれるパンと蚕豆《そらまめ》のピューレ。これは玉葱の丸くカーブした部分をスプーン代わりにして食べる。母はその当時、もうひとつ別の決まり文句を用いて僕をその気にさせ、少なくとも二人前を食べさせようとしていた。「ほら、お食べ、坊《ビル》や。残さずに食べるのよ。でないと、父さんみたいに強くなれないからね」

母は、フリジシュカと呼ばれる野菜スープも、おなじようにして僕に食べさせたがった。南瓜の花、ズッキーニ、じゃが芋、柔らかな隠元豆、小さくちぎったパン、オリーヴオイルなどが入った具だくさんのスープで、僕はどうしてもそれが好きになれなかった。アルベリアのシェフに勧められたとおり、母はそれに人参を加えたうえで、スープ皿の縁までいっぱいにしたのを二杯、僕に飲ませた。

「ほら、お食べ、坊《ビル》や。残さずに食べるのよ……」

姉もおなじ目に遭っていたけれど、父だけは執拗に勧める母を無視し、たいてい犬のシュペルティーノにたらふく食べさせるばかりで、自分の皿には少ししか盛らなかった。母は、うちの台所から出る大量の残飯のせいで家畜小屋の豚が肥えすぎると嘆いていた。

やがて、村の大半の働き盛りの男たちと同様、父も出稼ぎに行き、郵便為替が届くようになると、パスタと肉《トゥマーツ・エ・ミーシュ》か、さもなければ肉とパスタ《ミーシュ・エ・トゥマーツ》かというくらい、肉料理が我が家の食卓にのぼる頻度が増していった。

村にはじつに四軒もの精肉店がオープンし、年々肉の消費量が増えた。でも、僕ら子どもは、学校の食堂で隠元豆のパスタやじゃが芋のパスタ、あるいはオレンジ色の軟らかなチーズやツナを挟んだパニーノを食べるほうが好きだった。チーズもツナも米国《ラ・メリカ》からの輸入ものだ。司祭館の食堂のテーブルのあいだを、二人の調理師が湯気と香りの立つ大鍋を持って歩きまわり、みんなに声をかけていた。「もう一杯、お代わりはいかが?」そして僕たちの返事も待たずに、空になった皿を満たしてくれるのだけど、数分もしないうちにまた、まるで皿を洗ったみたいに空になるのだった。それは、家で食べるパスタと肉《トゥマーツ・エ・ミーシュ》よりも格段に美味しかった。

唯一の不満は、食堂では交替でしか食べられないことだった。先生が記入した表に従って順番が決められていて、僕は一週間に一度か二度しか食べられないのに、きょうだいの多い家庭や貧しい家庭の子どもたちならば、授業のある日は毎日食堂へ行けた。誰もがじゅうぶんな栄養をとって、健康に育つ権利があるからよ。僕が文句を言うと、母はそう説明してくれた。我が家では、父がドイツから毎月送ってくれる生活費のお蔭で、足りないものはひとつもなかった。うちだけでなく、ジェルマネージ（ドイツへの出稼ぎ労働者）の子どもは、たいてい不自由なく暮らしていた。日に三度の食事以外にも、子どもたちは、モルタデッラやチーズをのせたパン、ジェラートやブリオッシュを好きなときに食べられた。大人たちは、シンメンタールのビーフ缶を持って畑へ出掛けていき、十時をまわるといったん農作業の手をとめ、オリーヴの木の下で軽食をとるのだった。

いまになって思えば、出稼ぎ労働者たちと一緒に、昔ながらのカラブリアの伝統料理もドイツへと旅立っていったのだろう。そうして旅立った者たちは抑えきれない郷愁に駆られて、ときおりふと戻ってきた。

僕はそのころになると、「大きくなったらなにになりたい？」という質問に対し、大真面目な顔で「出稼ぎに行く！」と答えていた。そうすればドイツにいる父のもとへ行き、父のことを考えるたびに目の前を曇らせる、郷愁に満ちた寂しさのベールを永遠に破り捨てられると信じていたのだ。

確実に言えたのは、絶対にシェフにはならないということだった。母は僕に料理を教えてくれなかった。母にしてみれば、男の子が厨房で手を汚すなんて不本意なことでしかなく、まるで王子様のように、いやどちらかというと、家畜小屋でひたすら肥《ふと》ることを課された豚のように僕を育てた。僕は、食べるために、それもたらふく食べるために手を動かしていればそれでよかったのだ。

そんな母も、僕や自分自身に対して、あるいは世の中に対して鬱憤がたまると、ふいに優しさを忘れて愚痴をこぼすことがあった。「息子を育てるより、子豚を育てるほうがはるかにましだよ。子豚なら、冬まで待てば腸詰《サルシッチャ》めやソプレッサータ、そのほかにもいろいろとおいしい食べ物が作れるんだから」

　しだいに母は、アルベリアのシェフのことも婚礼の宴のことも口にしなくなり、いつしか完全に忘れたようだった。たしかにパスタと肉《トゥマーツ・エ・ミーシュ》はこの世でいちばんと言っても過言でないほど簡単な料理だった。肉とパスタを買うお金と、生でも干したものでもいいから、長唐辛子か丸唐辛子がいくつかあればそれでいいのだから。ただし、赤い、それも焔のように赤い唐辛子でなければならない。舌を燃やし、思い出を焼きつくすことができるように。

不思議な香りのじゃが芋

仔犬は嬉しくてたまらないらしく、母と父の足もとでちぎれんばかりに尻尾をふり、姉や僕の靴紐をくわえて引っぱった。それからパンやハム、バジルやオレガノの香りが漂う僕のうちの台所の空気をふんふんと音を立てて嗅ぎながら、彼には届かない高さに吊るしてある腸詰《サルシッチャ》めにかぶりつこうとしたが、うまくいかなかった。

「おい、見ろ。こいつ、めちゃくちゃ賢《シュペルト》いぞ！」父が自慢げに言った。「まるで、なんでもすぐに理解しちまう子どもみたいだ。さすがに言葉は喋らんがな。よし、こいつの名前は……」そこで一瞬の間をおいてから、誰もが予想していた名前を、いかにも厳かに口にした。「シュペルティーノだ」

つまり雄ということだ。もし雌だったら、父は語尾だけ女性形に変えて、「シュペルティーナ」

と名づけたにちがいない。だからといって想像力が欠如しているわけではなかった。父はよく友達からそんなふうにからかわれていたけれど、そうではなく、うちで飼っていた犬がどれも本当に頭がよくて俊敏——このあたりの言葉でいうところの「シュペルティ」——だと信じていたのだ。

飼う犬飼う犬みんなおなじ名前で呼んでいたものだから、いつしか僕は、うちには不死身の犬が一頭いるような気がしていた。みんなから愛情たっぷりに「シュペルティ」とか「シュペルティン」などと呼ばれ、僕や姉と一緒に成長し、ある日ふっつりいなくなり、しばらくすると前よりも若くなって帰ってくる……。現にその日もそうだった。

賢さと目を見張るほどの食欲は別として、やってきたばかりの仔犬は、これまで飼っていた犬と少しばかり違うように僕には思えた。赤味がかった黄色のイタリアン・グリフォンで、人懐っこい性格。一瞬たりともじっとしていられず、鼻先は湿っていて、嗅覚は驚くほど敏感だった。名は体を表わすというように賢く成長していっただけでなく、病気知らずで喜びいっぱいだった。

シュペルティーノは猟犬だったので、父はよく肩から猟銃を提げては、野山や森にシュペルティーノを連れて行き、小さなうちから狐や野兎や猪を追い込む訓練をしていた。代々のシュペルティーノやシュペルティーナのことも、そうやって父が仕込んだのだ。日暮れに疲れて帰ってくると、父は僕らと一緒に食卓につく前に、残っていた肉を、尖った骨を丁寧にとりのぞいてからトマトソースのスパゲッティに混ぜ、山盛りにしてシュペルティーノに食べさせた。

「かわいそうに、腹をすかせてるんだ。朝からずっと獲物を追いまわしてたんだからな」まだ土がついて汚れている鼻づらを撫でてやりながら、父は言った。

「なにか捕まった?」僕はそう尋ねながらも、心の内では「捕まらなかった」という返事を期待していた。

「シュペルティーノが狐を目の前まで追い込んでくれたんだが、撃つのはやめにしたよ。あんまり年寄りだったからな。骨と皮しかない狐を仕留めても、弾の無駄使いというものさ。肉はかろうじてついていたが、あれじゃあ野良犬だって消化不良を起こすだろうよ」

父は毎回おなじような言い訳をした。猟師風のタリオリーニを母が作るときに肉を使えないのなら、獲物を仕留めて家に持ち帰っても仕方あるまい、というわけだ。どちらにしても、猟師風のタリオリーニはとにかく辛くて、大人とシュペルティーノしか食べられなかったのだけれど。

父は滅多なことでは銃を撃たず、撃つのはおもに猪を仕留めるためだけだった。というよりも、狩りに一緒に連れていってもらったとき気づいたのだけれど、獲物を狙うより、森のなかへ分け入って、薫り高く健康的な空気を吸い、野生のキノコやチコリを摘み、息せき切って駆けまわるシュペルティーノの雄姿に見惚れるのが好きらしかった。

翌日はドイツに発つという日、父は僕にシュペルティーノを託した。そして僕が食べるのとおなじ美味しいものを食べさせること、ピンセットでダニをとってやること、なにより、森へ連れていって野生動物を追いかけさせることを約束させた。とにかく、なるべく走らせるようにしないと肥っちまって怠け癖がつき、走るのが億劫になる。そのせいでますます大食いになり、挙句の果てにはちょっと動いただけで心臓が破裂しちまうんだぞ。

僕の目がしだいに涙でうるんでくるのを見てとると、父は僕の顎を撫でながら、これまでの人生で少なくとも三十五回——父が出発するたびに一回——は聞いただろう台詞を口にした。「そう悲しそうな顔をするな。来年には家に帰ってきて、もう二度とどこにも行かないよ」来年になれば父さんは帰ってくる。そうしたらずっと一緒にいられる……。そんなほろ苦い味のする甘い言葉に、僕はうんざりしていた。

その後、父はシュペルティーノに小声でなにやら話しかけていた。なにを言っていたのかはわからなかったけれど、留守のあいだ家族を護ってくれとか、夜は家をしっかり見張るようになどと言い聞かせていたのだと思う。

父が行ってしまうと、僕は頼まれたことを献身的なまでに忠実にこなした。日曜日の正餐用に特別にこしらえたミートボールまでシュペルティーノに食べさせる僕を、母が恐ろしい剣幕で怒鳴りつけるのもどこ吹く風で。母の作るミートボールは、その味と量とで近所じゅうの評判だった。なにせ一度に百個近くこしらえるのだ。シュペルティーノはそんなミートボールに目がなく、朝早く、テーブルの上にならべられる食材——なかでもとりわけ挽き肉——の匂いがしたとたんに台所に陣取り、昼食が終わるころになってやっと、たらふくお腹を満たして出てくるのだった。

平日はシュペルティーノが僕を学校に送ってくれた。家から広場までのあいだに六軒ものパン屋の前を通る。窯に火の入っている店が二軒もあれば、この世でいちばん芳しい匂いが通りを満たすのだった。窯から出したばかりのパンの匂い。毎朝のように僕はその匂いにうっとりとし、シュペルティーノも上機嫌で鼻をひくつかせた。

お昼ごはんをすませると、天気がよければ森へ向かった。僕は息が切れるまで走ってシュペルティーノの後を追いかける。それから、季節にもよるけれど、野苺やブルーベリー、山桃、木苺などの実をつまみ、甘草《かんぞう》の根っこを嚙んだ。森に行くたびに、その豊かな色彩と遠くに見える半月形の海に心を奪われた。常磐樫《ときわがし》のびっしりと繁る葉のあいだをすり抜けて、陽射しが僕の顔や胸を温めてくれた。そんなときは確かに父のいない寂しさも和らぎ、満ち足りた気分になるのだった。

シュペルティーノは背後に僕の気配が感じられなくなると、すぐに探しに戻ってくる。五分と僕を一人にしなかった。父と約束したからかもしれないし、森を自由に動きまわる動物たちを追いかけるのに飽きていたからかもしれない。

帰る道すがら、シュペルティーノは枯れ葉や苔で覆われた地表すれすれに鼻づらを近づけてにおいを嗅ぎながら、木の幹と幹のあいだをジグザグに歩く。彼だけに嗅ぎとれる香りをたどっていたのだ。ときおり立ち止まっては前足で地面を掘った。

はじめのうちは、シュペルティーノが穴を掘っていることなど気にも留めなかった。ある午後、ふと能天気な空想が僕の頭に浮かんだ。森には盗賊が埋めた宝がいくつも埋まっているという噂があったものだから、うちの犬ぐらい賢《シュペルト》いやつなら、それを見つけ出せるだけの鋭い嗅覚を持っているにちがいないと思ったのだ。

「盗賊の宝を見つけるんだ。ほら、探せ！」僕が遠くから大声で命令すると、地面を覆う葉っぱの上に鼻づらで迷路を描きながら、シュペルティーノが僕の足もとに駆けよってくる。そして、その賢そうな瞳で僕をしばらく見つめていたかと思うと、常磐樫の根もとを必死になって掘りだした。ひとしきり掘ると、さも得意そうに吠えた。

僕は穴の近くまで行ってみたけれど、掘り起こした土のなかには宝らしい輝きなどひとつもなかった。その代わり出てきたのは、黒っぽいじゃが芋みたいなものがひとつ。でこぼこして形の悪いじゃが芋だ。僕はそれを手にとると、怒ってシュペルティーノに投げつけた。シュペルティーノはといえば、すました顔でそれをかわし、僕が呼ぶのもお構いなしに別の穴を掘りはじめた。その穴に手を突っ込んでみると、またしてもでこぼこのじゃが芋があった。そこで、今度は投げ捨てずに、においを嗅いでみた。ものすごくいい香りがした。そんな香りのするじゃが芋は初めてだ。

その日の午後、シュペルティーノが不思議なじゃが芋を四個見つけたので、僕は家に持って帰ることにした。

台所のガスコンロの前に立っていた母に、そのじゃが芋を渡した。ところが、母は知らないものをなんでも気味悪がる性分だったので、僕が森で摘んだキノコを持ち帰ったときとおなじように、ゴミ箱に捨ててしまった。においすら嗅いでくれなかった。

「シーラ山地のじゃが芋より、ずっといい香りがするのに！」僕は抗議した。「シュペルティーノが見つけたんだ。唐辛子と一緒にフライパンで炒めたらどうかな？　ねえ、試してみようよ」

「みんなに毒を食べさせるつもり？　まったく、野生のじゃが芋と菊芋《トピナンブール》の見分けもつかないなんて、あんたもシュペルティーノとおなじお馬鹿さんだこと《チョタレッロ》」母はそう言いながら僕を撫でようとしたけれど、腹を立てていた僕は、その手からすり抜けた。

僕はゴミ箱の蓋を開け、四つのじゃが芋のうちのひとつを拾いあげると、ポケットに忍ばせた。そしていつもの午後とおなじように、友達とサッカーをして遊ぶために広場へ行った。シュペルティーノは、その不思議な香りを嗅ぎながらあとをついてきた。

僕は念のため、ヴィットリオと従兄のマリオにそのじゃが芋を見せた。二人は僕が誰よりも信用している友達だ。なのに触ろうともせず、母とおなじように鼻先であしらった。「そんなの森に行けばいくらでもある。何の役にも立たないし、豚だって食べやしないさ」結局、友達とも話はそこでお仕舞になった。それでも僕はあきらめなかった。

晩ごはんを食べにうちへ帰る前に、シュペルティーノを連れてバール《ヴィオラ》の前の石垣に腰掛けていた人たち――若者から年寄りまで男ばかり――の集団に近づいていった。沈みかけた夕陽にみんなの顔が照らされている。僕は勇気を出して、手に持っていた不思議なじゃが芋を見せながら、それがなにか教えてほしいと頼んだ。

すると、銘々が念入りに眺めまわし、しばらくにおいを嗅いでから言った。「こいつは驚いた。なんていい香りなんだ」そして、そんなじゃが芋は見たことがなく、どんな種類なのかさっぱり見当がつかないと口をそろえるのだった。「もしかすると、シーラのじゃが芋の祖先《スカタナンナ》かもしれんなあ」いちばんの年寄りが当てずっぽうを言った。

それを聞いていたシュペルティーノが、がっかりしたのか、あるいは単にお腹が減ったのか、わんと吠えた。家では母のミートボールが待っている。そのとき、バール《ヴィオラ》から、僕の遠い親戚が出てきた。トリノのペッピーノおじさんだ。フィアット社の自動車工場で働いているのだけれど、休暇で村に帰っていた。おじさんは物珍しそうに立ち止まると、僕の手からじゃが芋を奪い、うっとりと香りを嗅いだ。そして、こう言ったのだ。「これはトリュフだよ！　信じられん……。どこで見つけたんだい？」

　みんなの驚いたこと。

「うちの犬が森のなかで見つけたんだ。常磐樫の根もとでね」

「この村にトリュフだって？」石垣に腰掛けていた一人が小馬鹿にするように口を挿んだ。「カラブリアにあるのは、おなじトリュフ《タルトゥーフォ》でも、タルトゥーフォ・ピッツォ（ヘーゼルナッツのジェラートでチョコクリームを包み、小さな半円形にまるめてカカオパウダーをまぶした菓子）だろ？　あれはジェラートだ」

　それを聞いて全員がどっと笑ったが、トリノのペッピーノおじさんだけは真剣な顔をしていた。

「俺も、この辺りの森にトリュフが生えるだなんて知らなかったよ。でも、生えるという歴《れき》とした証拠がここにあるってわけだ……」それから、みんなを納得させられる言葉を探しあぐねているのか、しばらく黙り込んだ。「俺は生まれてこのかた、一度しかトリュフを食べたことがない。アルバ（北部イタリアピエモンテ州。トリュフの産地）でパスタの上に削りおろしたのを食べたが、あれほど旨いパスタは死ぬまで忘れないね。あのときのは白トリュフでこいつは黒だが、香りはほとんどおんなじだ。どちらもトリュフに変わりない。トリュフ兄弟ってところだな」

「なにを鼻高々《ヴァンタルーロ》に言ってやがる。本物のトリュフなんて双眼鏡でだって見たことがないくせに。目ん玉が飛び出るほど高いんだぞ。手が出せるのは金持ちだけだ」年寄りの一人が言った。

トリノのペッピーノおじさんは苦笑いしただけで、それ以上なにも言わなかった。そして、僕とシュペルティーノを従えてパラッコ坂を下っていった。おじさんの家の前まで来たところで、思いがけず夕飯を食べていかないかと誘われた僕は、ちょっとびっくりした。「そいつを譲ってくれたら、今晩はカラブリア産トリュフ風味のタリアテッレ（きしめんに似た平打ちパスタ）をご馳走してやるぞ」

僕からしてみれば、世界じゅうのどんな誘いだろうと、母のお手製ミートボールの魅力に勝るものはなかった。一方で、まだ一度も食べたことのないその料理を味わってみたいという好奇心も抑えがたかった。

「いいけど……」僕はおじさんの期待に背かないように言った。「でも、その前に、母さんにいいかどうか訊いてみないと。すぐに戻ってくるから、待ってて」そう言いおくと、いったん家に帰った。

母は、祖母と姉と居間でテレビドラマを見ていた。僕は、母には許可を求めないで行くつもりだった。しょせん駄目だと言われるに決まっていたからだ。

こっそり台所に忍び込むと、まずはシュペルティーノにひとつと僕にひとつ、ミートボールをくすねた。次いで、音を立てないように注意しながら、ゴミ箱から母の捨てたトリュフを拾いあげた。そしてトリノのペッピーノおじさんの家に戻った。

「見て、全部持ってきたよ！」僕は、ドアを開けてくれたおじさんに開口いちばんそう言った。おじさんは嬉しそうに瞳を輝かせた。「フィロメーナ、あと三つもトリュフがあるぞ！」台所で待っていた奥さんに向かって叫んだ。

食事の支度が整えられたテーブルに、オリーヴオイルで和えてチーズをふりかけたタリアテッレが四皿ならんでいた。トリノのペッピーノおじさんは、その上からトリュフを削ってうっすらとふりかけると、言った。「さあ、どうぞ召しあがれ」

それから、いちばん大盛りの皿を、僕の足もとでお座りをしているシュペルティーノの前に置いた。シュペルティーノは、嚙まずに三口でぺろぺろと呑み込んでしまい、真っ先に皿を空にした。

その特別な香りのするパスタは確かに美味しかった。好みじゃなかったとは言わない。だけど正直なところ、僕は母のミートボールにありつけなかったのが残念でたまらなかった。

トリノのペッピーノおじさんと奥さんは、思いがけず舞い込んだその森の味覚を、目を閉じて堪能していた。とりわけおじさんは、フォークを口に運ぶたびに僕にありがとうと言い、森で見つけた珍味のことは誰にも言うんじゃないぞと念を押した。どのみち村の人は誰も、そんな発見をしたなんて信じやしないだろうから。バール《ヴィオラ》の前にいた、間抜け《チュッチ》のくせに威張った連中とおなじさ。そうして、翌日には奥さんと一緒にトリノへ戻らなければならないことを悔しがっていた。残念なことに、その日で休暇は終わりだったのだ。ただし、今回はカラブリアのトリュフという、宝のなかの宝をお土産にピエモンテへ持ち帰ることができる。

僕はシュペルティーノの手柄が得意でたまらず、頭を撫でてやりながらうなずいた。もちろん誰にも話すものか。そう心のなかで誓いながら。ただし父さんだけは例外だ。父さんなら、間違いなく僕の話を信じてくれ、「うちの犬は、なんて賢い《シュペルト》んだ！」と大声で褒めるに決まっている。

クリスマスの十三品のご馳走

油のなかでふつふつと揚がるお菓子の香りで目を覚ました僕は、ベッドから跳ね起きるなり、夢でないことを確かめるために台所へ走った。小麦粉を撒いたテーブルの上で、母が生地を紐状に丸めてちぎっては、指の腹で形を整える。一方、祖母は炉の上で前かがみになり、生地をそっとフライパンのなかに落としていく。二人のまわりでは、テラコッタの器に入った食材が色鮮やかな輝きを放っていた。蜂蜜、小麦粉、シナモンパウダー、オレンジの皮、卵の黄身、赤ワイン、モスト・コット（葡萄の搾り汁を煮詰めたもの）、そしてオリーヴオイル。

僕はまだいくらか眠かったけれど、村の伝統的なクリスマスのお菓子であるタルディレット、クルストゥレット、クェヌリーレット、シュカリーレットを作っているのだとひと目でわかり、幸せな気分になった。それは、あと数日もすればドイツから父が帰ってくることを意味していたからだ。

僕が起きてきたことに気づくと、母と祖母はいい匂いのする手で代わる代わる頬や髪を撫でてくれた。それから、できたてで熱々のタルディレットをひとつ、味見させてくれた。

「カルミヌは、洗練された舌を持つシェフよりも、アルベリアのシェフよりも、はるかに料理のことがわかっている。それもこれも父親譲りだね」なにかにつけて小さな息子を自慢したがる母がそう言った。同時に、間もなく帰郷しようとしている、一年のあいだ家を留守にしていた「大きな子ども」のこともそれとなく自慢したかったのだ。

僕はいかにも食通らしい真剣な面持ちで、蜂蜜だらけの舌をときおり鳴らしながら、じっくり噛みしめた。

「どうだい?」祖母がじれったそうに尋ねた。

僕はいくぶん含みのある笑いを返してから、自信たっぷりにうなずいた。

「悪くないよ。きっと父さんの好みの味だと思う」

毎年、こうして冬の休暇が始まり、僕は父の帰りとクリスマスを待ちわびて、残りの日数を指折り数えるのだった。毎朝、異なる料理の匂いで目が覚め、午後には近所の子どもたちと連れ立って村をまわり、各家庭から薪の寄付を募った。クリスマスの晩には集まった薪を教会の前に積みあげて大きな篝火を焚くことになっていた。

それは、いい香りに包まれた幸福な日々だった。待ちわびるあいだ、発酵するかのように期待が膨らみ、ようやく村に到着した父が駆け寄って僕を抱きしめると、水を満杯に湛えた川のごとく幸せがあふれ出した。

父が帰ってきた翌日、僕は父の隣を誇らしげに歩いた。シュペルティーノが嬉しそうに吠えながら、僕らの前を転げるように走っていく。僕らはまず森のなかに入り、クリスマスツリー用のイチゴノキを伐った。樅の木のようにすっと伸びた円錐形ではないけれど、その代わり最初からオレンジや赤の丸い球が無数についていて、見た目が華やかなだけでなく、おいしく食べることもできた。

その後、僕らはまっすぐピガードの我が家の土地を目指した。シュペルティーノは十二月の草のにおいをひっきりなしに嗅ぎながら、あとを追いかけてきた。

畑に到着すると、冬の無花果《いちじく》や、鳥に食べられずに残っていた最後の葡萄の房、フィーキ・ディンディア、村では「ちび玉葱《チプルッツェ》」と呼ばれている野生玉葱《ランパッショーニ》、ラバ道の端に生えるチコリなどを収穫した。それは、なにより待ちわびたクリスマスの晩餐の支度への、僕たちなりの貢献だった。クリスマスの晩になれば、幸せに手で触れられるだけでなく、次から次へと食卓に運ばれる十三品のご馳走を通して味わうこともできる。

準備するお料理は十三品と決まってるのさ。祖母がそう説明してくれた。さもないと幼子イエスが喜ばないし、運命の女神にも微笑んでもらえないからね。それでも、母はたいてい作りすぎるのだった。運命の女神や幼子イエスのご機嫌をとりたくて、三、四品余分に作らずにはいられないらしかった。

イヴの夕方になると、父は貯蔵庫にワインを取りに行き、僕と姉はテーブルに食器をならべるのを手伝った。

キッチンにはあらゆる種類の香りが漂い、鍋のなかではソースがぐつぐつと煮立っていた。各種のハムとサラミのスライスや、お菓子を盛りつけたトレーには、真冬だというのにまだ活動している蠅がたからないよう、麻のクロスがかぶせられている。疲れを知らずに台所を動きまわっていた母と祖母が、不意に言った。「さあ、みんな座ってちょうだい。食べるわよ」そして、料理の数を数えだした。「クリスマスの十三品のご馳走」という魔法の数になるように、適当にふたつの料理を組み合わせてひとつにしたり、あるいはひとつの料理をふたつに分けたりしている。とはいえ、二人のそんな依怙地な帳尻合わせなど誰も気にしていなかった。僕たちはただ、料理がおいしければそれでよかったのだ。

毎年、二、三人の客が一緒に食卓を囲んだ。たいていは独身の親族だった。そこには、クリスマスイヴに独りぼっちで食事をするなんて寂しいだろうという母の心遣いがあった。招待された者たちは、どの料理も惜しみなく褒めそやした。

そんななか、父だけがときおり軽く目を閉じながら、終始無言で食べていた。長い外国暮らしで忘れかけていた味覚を久しぶりに味わうことに精神を集中していたのだ。父がグラスを飲み干すたびに、僕はワインを注いだ。シュペルティーノは僕の足もとと父の足もとを行ったり来たりしながら甘えた声で食べ物をねだり、クリスマスのご馳走の残り物をもらっていた。

テーブルに次々と運ばれてくる前菜は、瞬く間になくなった。ハムやサラミのスライス、シーラ山地のプローヴォラチーズ、クロトーネのペコリーノチーズ、クルーコリのサルデッラ、鰯の塩漬け、刻んだアンチョビの入った衣揚げ《フリッテッラ》……。

ふだん母はパスタ料理を一種類しか作らなかったが、その年は三種の自家製パスタで僕たちをもてなした。最初は片口鰯のフライとパン粉をまぶしたタリアテッレ、次いで豚肉、チーズ、唐辛子、黒胡椒のソースをたっぷりかけたマッケローニ・アル・フェッレット、そしてアルベリアのシェフ直伝のアルバレシュの名物パスタ、シュトリーデラット。僕は名前もひっくるめてその料理が大好きだった。

食欲を増進させるために、どの料理にも生の激辛唐辛子が添えられていて、大人たちは喜んでつまんでいた。三種のパスタ料理もたちまち食べつくされると、間をおかずにメインディッシュが運ばれてくる。オリーヴ、ケッパー、トマト、玉葱、レーズン、それにオリーヴオイルをベースにした最高のソースと一緒に浅鍋で煮込んだ塩漬け鱈。仔山羊とシーラ山地で穫れたじゃが芋のオーブン焼き。付け合わせには自家栽培のチコリとカリフラワーとブロッコリーをフライパンで炒めたもの、「ちび玉葱《チプルッツェ》」のオリーヴオイルと粉唐辛子和え、キャベツの蒸し煮《ストゥファート》、セロリと茴《うい》香《きょう》のフレッシュサラダ、キノコと茄子とアーティチョークのオイル漬け。

その日の朝に焼いた自家製のパンも、みんな大喜びで食べた。窯から出してきたばかりのような芳しさだ。大人たちは、大きめにカットしたパンに激辛のサルデッラをたっぷりと塗っては料理と料理の合間につまみ、さらなる食欲増進に励んでいた。

お菓子を盛りつけたトレーと果物が食卓に運ばれてくるころには、誰もが満腹でほろ酔いかげんになり、浮かれていた。僕ら子どもも、水で薄めた新酒《ノヴェッロ》のワインをちょっぴり味見させてもらい、いい気分だった。締めくくりに大人たちがエスプレッソとシーラ山地のアマーロ（薬草をベースにした苦いリキュール）を飲みおえると、みんなで連れ立って教会を目指して歩きだした。風味豊かな思い出と、現代まで脈々と受け継がれる伝統とともに、幼子イエスと村人たちを暖めてくれるクリスマスの篝火が待つ教会へ。

喜びの味

そのころ父は、毎年冬のあいだを村で過ごしていた。働いていたハンブルクの道路工事現場が悪天候《シュレヒトヴェター》のために閉鎖され、たいてい三月の上旬まで再開されないからだ。

意味がわからないながらも、子ども時分の僕はそのシュレヒトヴェターという言葉の響きが大好きだった。僕にとってその言葉は、一年でもっとも甘い、家族みんなが一緒に過ごす時期と結びつくものだったからだ。いつの間にか、シュレヒトヴェターというのは、冬を越すために労働者《ファティガトーレ》を故郷《くに》に帰してくれる優しい雇い主のことなのだと確信するようになった。そのため、父がそんな僕の勘違いをからかいながら、正確な意味をイタリア語に訳してくれたとき、たいそう幻滅したものだ。「おまえはとことん、バラバラだな。ドイツ人は、頭のネジが少し緩んでる奴のことをそう呼ぶのさ。シュレヒトヴェターというのはな、人じゃなくて、悪天候《モーティ・イ・リック》のことだ」

それを知った僕は、父が二度と出稼ぎに行かずにすむよう、ドイツで酷寒や積雪や大雨がいつまでも続くことを聖アントニオに祈願した。悪天候が続けば仕事にならないのだから。父はコールタールで道路を舗装する工事をしていた。

十一歳だった僕は、サン・ニコラ・デッラルトの中学校に通っていた。その冬は南イタリアでも厳しい寒さで、湿気を含んだ冷たい風が吹き、ときに雪になることもあった。いい兆しだ、と僕は思った。シュレヒトヴェターが僕らの村までやってきて空気を汚染したのなら、ドイツではもっとひどいに違いない。きっと聖アントニオが僕の願いを聞き入れてくれたのだろう。だから今年は、「シュレヒトヴェターも終息したから職場に戻るように」という何度目とも知れぬ出発をうながす手紙が会社から届くこともないかもしれない。

そうこうするあいだに公現祭《エピファニア》も過ぎ、一年のうちでもっとも混沌とした日がやってきた。待ちに待った宴の前奏曲《プレリュード》だ。明け方、吹雪のなか、叫びながら逃げまどう僕らの豚が小屋から引きずり出される。豚は賢い《シュペルティ》動物だからな。自分の身に起こることを察知するんだ。大人たちはそう言った。蚕豆、どんぐり、ひよこ豆、麩《ふすま》をベースにした飼料に、母の言葉を拝借するならば「栄養たっぷりでおいしい」料理の残りを加えた特製の餌を食べさせ、七か月にわたって大切に育ててきた豚だ。父はそれを、親戚や友人の手を借りながら倉庫の前で解体し、その後、家族総出で、腸詰め《サルシッチャ》やソプレッサータ、カピコッロ、生ハム、背脂の塩漬け《ラルド》、豚脂《スツルット》、サングイナッチョ（血の入った腸詰め）などに加工していく。最後の残骸はミントの葉を加えた酢漬けにして瓶で保存した。

作業を終えると母は満足そうにつぶやいた。「駒鳥は百の部分に分けられるけれど、豚はひとつも分けてやらない」僕にはその意味がよくわからなかった。というのも、母はそう言いながらも、親戚や近所の家へ僕を使いに出しては、切り分けた肉を気前よく配っていたのだ。通りには雪が積もっていたので、帰り道、僕は空になった鍋を橇にして、パラッコ坂を滑りおりた。

翌日の正午になると、僕の家は「クンピト」という祭りの宴に招待された人たちでごった返した。豚の解体を手伝ってくれた人たちと、子どもも含めたその家族とで、作業の終わりを祝うための宴だ。

メインの料理はトゥマーツ・デルク。文字通りの意味は「豚のパスタ」といったところだ。誤解を招く名称のため、はじめのうちは会食者の苦笑を誘っていたけれど、しだいにその格別な味が食べた者の味蕾に忘れられない感動を呼び起こすのだ。

その日の朝、母は四時起きをして、豚の肉と肋骨《あばらぼね》の入ったトマトソースをとろ火でじっくり煮込み、大量のミートボールを作ってから、ジティ（長いマカロニ状のパスタ）とソースを混ぜ合わせた。このソースといちばん相性のいいパスタなの、と言いながら。パスタとソースがまるで恋人どうしのように寄り添い、全身がとろけるキスの代わりにたっぷりのチーズをまぶして、互いの見分けもつかなくなるまで混ぜる。

それは、言うなれば第二の皿《セコンド》も混ぜ合わせてボリュームたっぷりに仕上げた第一の皿《プリモ》で、僕は二人分をぺろりと平らげた。次いで、フリッスラータが出された。牛肉の赤身とベーコンとレバーをよく混ぜ合わせてから、大蒜と一緒にオリーヴオイルでじっくりと炒め、激辛の赤唐辛子、ローリエ、シナモン、ワインで味付けしたものだ。最後には、素晴らしい料理を大盤振る舞いするアバーテ家を称えて乾杯となり、とりわけ円舞の素晴らしき踊り手であり、世界でもっとも腕のいい料理人である母のエウジェニアに感謝の乾杯が捧げられた。もちろん、料理を手伝った祖母のモマポ、伯母のジョヴァンニーナにも。

　五度六度と乾杯を重ねるうちに、大人たちは酔いはじめた。父も、昔馴染みのフランチェスコおじさんも酔っていた。二人とも悪天候《シュレヒトヴェター》のお陰で長い休暇をもらい、村へ戻っていたのだ。ほかでもなくワインがその場に楽天的な雰囲気をつくりだしたのだろう。父は、頭が明晰に働いているときならばあり得ないような決断を下した。

「おい、ミケ」フランチェスコおじさんが、父に声を掛けた。「何日か前にいいアイディアが浮かんだんだ。これからは村に留まって、一緒に果物を売って生活しないか？　俺はトラックを持ってる。二人で共同経営者になって、近隣の村々をまわりながら野菜や果物を売り歩くんだ。売り上げからトラックの維持費を引き、残りを山分けする。どうだい？」

「やり甲斐のある仕事だな」父は、ずっと前からそんな提案を待っていたかのように、迷わず答えた。「喜んで誘いに乗るよ。いつから始めるつもりだい？」

「来週、うちの豚のクンビトが終わってからだ」

　僕は、二人の会話をひと言も漏らさずに聞いていた。こみあげる喜びに全身が熱くなるのを感じた。父が、隣に座っていた僕と姉のほうを見て、もうドイツには行かないぞと宣言すると、姉は父に抱きついた。僕は父ににっこり笑ってみせてから、シュペルティーノのそばへ行って頭を撫でてやった。「父さん、これからはずっと僕らと一緒にいるんだって」シュペルティーノの耳元でそうささやきながら、心のなかで聖アントニオに感謝した。

ソースまみれの骨付き肉と格闘していたシュペルティーノは、よかったねと言うように、二、三度尻尾をふった。そのとき、祖母がアルミのバケツを粉雪でいっぱいにして家のなかへ運び込んだ。そして、モスト・コットを一瓶まるごと注ぐと、木杓子で長いこと混ぜた。それから、村ではシリベックと呼ばれているその特製シャーベットを、会食者のグラスに盛りつけた。甘美なおいしさに、誰もが天にも昇る心地になった。まさに、代々語り継がれる宴の締めくくりにふさわしいデザートだった。

それからというもの、僕は身体が軽くなったように感じていた。まるで、これまで胸に重くのしかかっていた砂袋からようやく解放されたかのように。昼食や夕食のとき、あるいは暖炉を囲んでの夕べのひとときといった日々の暮らしのなかで、これまで味わったことのない家族の結びつきを噛みしめた。

だからといって、父にべったりくっついていたわけでもなければ、日に何度も愛情あふれる言葉や表情を交わしていたわけでもない。それでも、一年のどんな季節だろうと、なにかあれば父に頼れると思えるだけで、あるいは父の見守るような息遣いを首すじに感じるだけで、父自身が幼少期について語るときに「喜びの味」と表現していたものが、家族そろって囲む母の手作りの料理から立ちのぼり、口のなかにじんわりとひろがるのだった。

父は毎朝、日の出とともに、フランチェスコおじさんのトラックに乗って出発した。クロトーネの市場で果物や野菜を仕入れてケースごと積み込むか、あるいは肥沃なネート平野に畑を持つ生産者のところへ直接買い付けに行き、アルト・クロトネーゼの村々まで運んでは売りさばいた。

ドイツに戻らなかったことを悔いているのではと尋ねられると、父は「とんでもない」と答え、首を横にふって言い添えた。「後悔なんてこれっぽっちもしていない」父は新しい仕事に満足していた。儲けは少ないけれど、それでも子どもたちが成長する様子を間近で見られるし、家庭のよさを味わえる。食事のときにはみんなで一緒に温かい料理を食べ、売れ残った果物や野菜を家に持ち帰ることだってできる。父が持ち帰る野菜を、母はジャルディニエーラ（イタリア風のピクルス）にして瓶に詰めた。

「母さんが作ってくれたおいしい料理を家族でいっしょに味わう。人生でこれ以上素晴らしいことがあるか？」父はいつもそう締めくくっていた。

夜になると、家の路地の敷石を踏みしめる父の足音が僕の耳に飛び込んでくる。ときには口笛を吹いたり、陽気に鼻歌を歌ったりしていることもあった。「マリーナ、マリーナ、マリーナ、いますぐにでも俺と結婚してくれ」

「父さんだ。きっとカードゲームで勝ったのね」いち早く姉がそう言った。実際、父の上着のポケットにはキャンディがいっぱい詰まっているか、食後に食べるジェラートを一人ひとつずつお土産に持って帰っていた。

「最高に旨い腸詰め《サルシッチャ》の串焼きを食わせてやろうか？　父さんにしか作れない味だぞ」父は言った。

そんな父の口ぶりに、母は皮肉めいた笑みを浮かべながらも、ようやく料理を作ってもらう側に回れることを喜ぶのだった。

「うん、食べたい」姉は即座に答えた。「だけど早くしてね、父さん。あたし、お腹ぺこぺこなんだから」

父は、竿に吊るしてあった、まだ熟成しきっていない腸詰め《サルシッチャ》を四本切ってきて串に刺すと、真っ赤に熾った炭火で炙りながら自分の若いころの思い出を滔々と語りはじめた。フランスの鉱山まで出稼ぎに行ったことや、フランクフルトの工事現場に初めて行った日のこと、現場の掘立小屋で食べた大蒜とオリーヴオイルと唐辛子《アッリオ・オッリオ・エ・ペペロンチーノ》のスパゲッティだけの夕飯、未耕作地を不法占拠したがために殺されたメリッサの農夫たちのこと……。父は語りのこつを心得ていた。一方の僕は、当時から父の語る話を全身で受けとめては、まるで故郷の土地で穫れる滋味深い食材のように成長の糧としていた。語り起こしの台詞はいつもおなじだった。「これは本当にあった話だ……」僕にはそんな前置きなんて必要ないように思えた。というのも、熱に浮かされたような混沌とした日々、少なくともひとつの確信があったからだ。それは、作り話のようにしか聞こえないものも含めて、すべての物語が本当だという確信だった。

腸詰め《サルシッチャ》にこんがりと焼き色がつきはじめると、父は大きめにスライスした四切れのパンの上に一本ずつのせ、上から別の一枚を重ねると、吸収パッドのように力をこめて押しつけた。一連の手の動きはリズミカルで無駄がなく、肉の脂が火にしたたるたびに、ぱっと暖炉から燃えあがる焔が語りに合いの手を入れた。父は器用にも、四本の腸詰め《サルシッチャ》をひとつも焦がさず同時に炙りつつ、筋を見失うことなく話を続けながら、一人に二枚ずつ、計八枚のパン全体にきれいに脂を浸み込ませたうえで僕らに食べさせ、そのうえ物語という滋養まで与えてくれるのだった。

母は毎回、恋の物語を聞いたあとのように大きな溜め息をついた。それからみんなで静かに夕餉を囲むのだけれど、料理のおいしさを強調する言葉など必要なかった。夢見心地の目と、唇についた脂っぽいパン屑を舐める舌の動きだけで十二分に伝わった。

僕には、腸詰《サルシッチャ》めそのものよりも、天国の調味料を思わせる香ばしい味が奥まで浸み込んだパンがたまらなくおいしく感じられた。それをできるだけ長く味わっていたくてゆっくりと嚙みしめ、シュペルティーノにも少しとっておいた。きっと喜ぶだろうとわかっていたからだ。そうしてテレビで「カロゼッロ（一九五七年から七七年まで放映されていた十分間のコマーシャル番組）」を見てから、ベッドに入るのだった。お腹だけでなく心まで満たされ、夢うつつの頭のなかで父の話がぐるぐるとまわり、口のなかには喜びの味がひろがった。


二月のある日、仕事から帰ってきた父が藪から棒に言った。「おまえの友達を呼んでこい。話があるんだ」

僕は不安に駆られて父の顔を見つめた。いったい僕たちがなにをしたというのだろう。

「心配するな。いい話だ。みんなで六人要る。なるべく賢い奴を集めろ。間抜け《カッツーニ》な連中じゃ駄目だぞ。わかったな！」父にとって、「賢い《シュペルティ》」の反対語は、愚か者を意味する言葉として村でよく用いられる「チョーティ」ではなく、「カッツーニ」だった。

僕はすぐに家を出て、広場へ向かった。パラッコ坂の真ん中あたりの、スッポルティと呼ばれている界隈で、さっそく小学生や中学生の集団に出くわした。僕は少し離れたところからしばらく観察していた。器用に独楽《こま》を回しているところを見ると、誰もが賢そうに見えた。確実を期して、僕は年の大きいほうから順に六人を選ぶことにした。すると、みんなが訝った。「おまえの親父がなんの用だ。俺ら、なにもしてないぞ」

「大丈夫だから信じてよ。いい話だって」僕はみんなを安心させた。

数分後、僕たちは父の前で一列にならんでいた。

父はまず、その日マンツェッラで仕入れてきたオレンジを一個ずつ配った。皮をむきながらも、僕たちの好奇心はふくらむばかりだった。父はこんな提案をした。「もうすぐ謝肉祭《カルネヴァーレ》だから、七人で演じる道化芝居を準備したんだ。どうだ、やってみないか？」

僕たちは互いに顔を見合わせた。誰よりも驚いたのは僕だった。みんな少し気恥ずかしそうにしつつも、素直にうなずいた。

父は手に原稿を持って僕たちの前に立ち、婚礼の祝宴を中心に繰りひろげられる道化芝居の脚本を読みはじめた。僕が連れてきたのは男子ばかりだったので、誰も花嫁の役をやりたがらず、仕方なく紙きれに配役の名前を書いて籤引きで決めることにした。その結果、花嫁のマリア・ジョルダーナの役はフランチェスコ、花婿のミクッツォ・ミカッツォはマリオ、そしてフェテンテ司祭長は僕が演じることになった。

僕が舞台にあがって最初に言う台詞は、「二人の男女を婚姻によって結びつけるべく、遠方の国からやってまいりました」というものだった。それから、二行ずつ韻を踏んでいる台詞で新郎新婦を紹介するのだけれども、汚い言葉がたくさん使われていた。ほかの登場人物の台詞も同様に、卑猥な台詞が少なくなかった。

　正直なところ僕はひどくうろたえ、みるみるうちに顔が赤くなった。けれど友達には大いに受け、みんな道化芝居を演じることにすっかり夢中になっていた。

　それから一週間、僕たちはうちで稽古をした。父は連日、約束の時刻きっかりに帰宅し、演技指導をする。いつもオレンジやミカンを持ってきては、真剣に僕らの相手をしてくれた。台詞を忘れると雷が落ちる。「おまえらの頭にはなにが詰まってるんだ？　藁くずか？」それでも必ず、稽古の最後には僕らを褒めそやした。「おまえらのほうが、マルチェッロ・マストロヤンニよりもはるかに演技が上手いぞ」

　いよいよ謝肉祭の日がやってきた。仮面をし、僕は祖母の黒いワンピース、フランチェスコはお母さんの花嫁衣裳を着て、村の家々をまわりながら道化芝居を披露した。観客はみんな愉快そうに笑い、際どい台詞が飛び出すたびに、笑い声は大きく下品になった。ただし、年頃の娘にそんな芝居は見せられないと、父親に冷たく追いかえされた家も四、五軒あった。

　芝居が終わると、僕らの劇団でいちばん年小の仲間がパン籠を差し出す。すると観客が、卵、腸詰《サルシッチャ》めやチーズのスライス、チョコレートやキャンディをなかに入れてくれた。たまにお金を入れる人もいた。

　肥沃な火曜日《マルテディ・グラッソ》（謝肉祭の最終日）、村をまわりおえた僕らは、アントニオの家に集まった。彼のお母さんが腸詰め《サルシッチャ》の入った卵焼き《フリッタータ》を料理し、道化芝居の観客からもらった食べ物と、その日に焼いたパンを二塊、食卓にならべてくれた。僕らは、食い扶持を稼がねばならず、食べ物のありがたみが身に染みている腹をすかせた労働者さながらに、味わいながら食べた。もらった現金は公平に分けた。

　みんなは僕に内緒で小遣いを持ち寄り、煙草を一箱買っていた。そして感謝の気持ちを込めて父に渡した。「ありがとう、ミケおじさん。ねえ、来年の謝肉祭のときにも、またこの芝居をしようよ。すごくおもしろかった。最高傑作だよ」

　すると父は言った。「みんなの演技が上手かったんだ。嘘じゃない。来年もきっとまたやろう」口髭を撫でつけながら、束の間、父だけに見えている世界に入り込んでしまったかのようだった。しばらくすると僕に向かって微笑んだ。その目は、あふれんばかりの愛おしさにきらめいていた。

　僕も父の目を見つめ返した。けれど、父は煙草に火を点けようとしていて、こちらの視線には気づかなかったようだ。そのときの僕たちにとって、ドイツは過去の悪い夢でしかなかった。もはや悪天候《シュレヒトヴェター》だろうとなかろうと、父はいつまでも家族と一緒にいてくれ、僕は毎年、父が創作した道化芝居を友達と一緒に演じ、未来永劫、謝肉祭の宴を味わうのだろう。

　口のなかにひろがる喜びの味を噛みしめながら、僕はそうであることを祈っていた。

巨大なスイカ

「六月にきちんと進級できたら、学校が夏休みになるのを待って、野菜や果物を売りに連れてってやる」と、父が約束してくれた。僕は、ようやく父と一緒に過ごせると思うと、夏が待ち遠しくてたまらなかった。いつからかも記憶にないほど、父とは長いこと一緒に過ごしていなかった。休暇になると中古のメルセデス・ベンツで帰郷するジェルマネージの家族たちは、海水浴に繰りだすのだけれど、僕はべつに海に行けなくても構わなかった。ただ父と一緒に過ごせればそれでよかったのだ。そのあいだ、日々の暮らしのなかに父がいることに喜びを見出していた。といっても、父は日中たいそう忙しく動きまわっていたので、一緒に過ごせるのはおもに夕食時にかぎられていた。

父はドイツから完全に引きあげ、出稼ぎに行く以前の生活リズムを取り戻していた。まるで家を留守にしたことなどなかったかのように。結婚式があればギターで小夜曲《セレナータ》を奏で、楽隊ではクラリネットを吹いていた。日曜になるとシュペルティーノを連れて狩りに出掛けるか、うちの小さなオリーヴ畑の手入れをしていた。平日は毎夕、果物の路上販売から戻ってくる父を仲間が村の広場で待っていて、カードゲームに興じた。父は村で有数のトレッセッテ（カードゲームの一種）の名人だったのだ。

いつ終わるともしれない勝負に引きずり込まれ、父が夕飯の時間になっても帰ってこないと、僕は母に頼まれてバール《ヴィオラ》まで迎えに行った。紫煙のカーテンと煙草臭をくぐりぬけて父のテーブルまで行き、耳もとでささやく。「父さん、ごはんができてるよ。帰ろう」

「もう少し待ってくれ。じき終わるから」

けれど、父の「じき」は、一時間か、あるいはそれ以上続くこともあった。ようやく勝負がつくと、父はキャラメルやジェラートを買い、一緒に家へ帰った。

家では腹を立てた母が待っていた。ずいぶん前に食卓にならべた料理をぜんぶ温めなおさなければならない。ありがたいことに母の怒りは間もなく鎮まり、いくら遅い時間だろうと、さほど急ぐでもなく食事を楽しんだ。

どうしてそんなにゆっくり食事をしていたのか、理由が理解できるようになったのは何年も後のことだ。僕らは家族で食卓を囲む時間をできるだけ引き延ばしたかったのだ。そうしていると、思いもよらない喜びが口のなかから直接心に染みわたった。

学校が夏休みになると、父は約束どおり、フランチェスコおじさんの運転するトラックで僕を行商に連れていってくれた。

僕はたいてい荷台の果物や野菜のケースのあいだに座った。そこでなら、洋梨や林檎にかぶりつきながら、栗のいがのあいだを吹き抜ける風を味わえたし、オリーヴ畑や葡萄畑、断崖といった周囲の景色を眺めることもできたからだ。

高台の村々は真夏の炎暑にじりじりと焼かれながら、夕暮れどきの涼風を静かに待っていた。サン・ニコラ、メリッサ、ストロンゴリ、ロッカ・ディ・ネート、カサボーナ、ジンガ、パッラゴリオ、ヴェルツィーノ、サヴェッリ、ウンブリアティコ、チロ。広場によっては海を見晴るかすところもあり、路地に入ると、どの村でもおなじ揚げピーマンや焼きピーマンのつんとする匂いが消えることなく漂っていた。

村の女の人たちはトラックのエンジン音を聞きつけて僕らが来たことを知り、小走りに家から出てくる。そして大好きな焼けつく唐辛子《ペペローネ・ヴルシェンテ》やシーラ山地で穫れたじゃが芋、トマト――これら三つは、村人の好物「激辛ポテト」に欠かせない材料だ――、それに、茄子、胡瓜、桃、メロン、ネート平野のスイカなどを買い求めた。バナナを買う人はあまりいなかった。当時はまだ値段が高すぎて、富裕層向けの果物と見做されていたからだ。僕は客の選んだ果物や野菜を秤に載せる手伝いをしていたが、代金を受け取るのは父と決まっていた。

日暮れ近くになると村に戻り、ケースに残った商品を売りさばく。海水浴に通っている子たちよりも僕のほうが陽に焼けていた。

トラックの荷が多すぎると行商には連れていってもらえず、スイカとメロンを二十個ぐらいずつ村の広場の隅に山積みにして、路上販売をさせられた。ひとしきり広場で売ると、僕は残りの果物の見張りをシュペルティーノに頼み、メロンとスイカを一個ずつ肩にかついで、路地を売り歩いた。

「甘いメロン《ムッルーニ》に、火のように赤いスイカ《サラキニスキ》はいかがですか？　蜂蜜よりも甘いですよ！」あらんかぎりの声を張りあげる。そうして担いでいた分が売れると、人間よりも用心深くて信頼のおけるシュペルティーノのもとに戻り、また別のを担いで売り歩くのだった。

僕はそんな自分の役目が得意でならなかった。フランチェスコおじさんは、なにかにつけて僕の働きぶりを褒めてくれた。ところが父は、図に乗ることを恐れているのか、滅多に褒めることはなく、全部売り切ったときに僕の頬を軽くつねるだけだった。

七月終わりのある朝、まだ陽が昇らないうちから、僕たちはクロトーネの方角に向かって出発した。

一時間ほど走ったところでネート川の岸辺に車を停め、いちばん広い畑でスイカを一山仕入れた。畑の主《あるじ》は代金を受け取ると、荷台に積み込むのを手伝ってくれた。

僕たちがいちばん大きなスイカを持ちあげようとしたとき、主が言った。「いや、そいつは駄目だ。クロトーネの弁護士に譲る約束をしたんだ」

並外れて大きなスイカで、それに比べるとほかのスイカが小人に見えるほどだった。

横で聞いていたフランチェスコおじさんが憤慨した。「約束が違うじゃないか。わしらは、この畑のスイカ《サラキニスキ》を全部まとめて買い取る約束で金を払ったんだ。ひとつ残らずな。約束は約束だ。勝手に撤回するなんて許さない。こいつは駄目だなんて、いったいどういう料簡なんだ？」

一方、父は泰然自若としていた。「いいだろう。そいつには触らない。好きな奴に売るがいい。その代わり金は返してもらう。荷台に積んだスイカ《サラキニスキ》を全部降ろしてくれ。それでチャラにしようじゃないか」断固たる口調でそう言い返した。

畑の主は、なにかほかに説得力のある口実でも探すかのように、いらついた足取りでトラックのまわりを一周したが、案外あっさりとあきらめた。「わかった。そいつも持って、とっとと失せてくれ。弁護士にはもっとでかいのを見つけるさ」

それより大きなスイカなんてあるはずがなかった。父は口髭の下でにんまり笑うと、フランチェスコおじさんに目配せをした。

二人の農夫に手伝ってもらって巨大スイカを荷台に積み込み、その上に跨った僕を乗せて、トラックは村まで疾走した。

村の広場に到着すると、フランチェスコおじさんは楡《にれ》の木陰にトラックを停めた。父が「今日穫れたばかりのスイカ《サラキニスキ》だよ！」と一声叫ぶだけで十分だった。石垣で涼んでいた年寄りたちや、クリーキにたむろしていた子どもたちが真っ先に飛んできて、続いてバールや路地にいた男や女が駆けてきた。そして巨大なスイカを見るなり、誰もが奇蹟を目の当たりにしたかのように目を見張った。驚きのあまり掌でぽんと叩いてみる者がいるかと思えば、ちょうどいい具合に熟しているかどうか音で判断するために、指の関節で皮を叩く者もいた。そして、誰もが口々に言った。

「なんてこった。お化けじゃないか。こんなにでかいスイカ《サラキニスキ》、見たことがないぞ！　どこで仕入れてきた？　目方はどれくらいある？　値段は？」

父もフランチェスコおじさんも思わせぶりの笑みを浮かべるばかりで、答えようとしなかった。すると、みんな当てずっぽうを言った。「五十キロはあるんじゃないのか？」「いや、五十キロどころじゃない。もっとずっと重いぞ。少なくとも七十キロはあるだろう」「人間の大人並みだ。確実に百キロ近くある」そうは言っても竿秤《さおばかり》で量るわけにもいかないので、誰も自分の意見を変えようとはしなかった。

ただし、「なかは間違いなく真っ赤で、ファーストキスみたいに甘いに決まってる」という点では、村人たちの意見は一致していた。「べらぼうな値段なんだろ？　残念だが村の衆にはとても手が出せん。買えるとしたら、医者か、役所のお偉いさんか、地主の孫ぐらいなもんだろう……」

父は無言で、持っていたナイフの刃をいきなりスイカの真ん中に当てた。そのまま先端を軽く押しつけると、ボンと爆ぜるような音がしたので、僕も含め、その場にいた者たちは面食らった。スイカがきれいに真っぷたつに割れ、見事に熟れた赤い果肉が現われたのだ。あちらこちらから「おお」という歓声が一斉にあがった。

父とフランチェスコおじさんは、慣れた手つきで巨大スイカをざっくと切り分け、その場にいた人たちにただで配りはじめた。

十五分もしないうちに、そこらじゅうに種を吐き出しながらおいしそうにスイカをむさぼる人たちで広場はいっぱいになり、みんなその味に酔いしれたようにつぶやいた。「砂糖か、天国の蜂蜜を舐めているみたいだ。これほど瑞々しいスイカは初めてだよ。口のなかだけじゃなく、純粋に心まで朗らかになる」

僕たちの家のあるパラッコ坂のほうから、姉と祖母、そして近所の人たちを引き連れた母が広場にやってきて、即席の宴の輪に加わった。うかうかしていると巨大スイカがありふれたカットスイカになりさがり、村人たちの貪欲な口のなかに消えてしまう。

「雄鶏の鶏冠《クレスタ・ディ・ガッロ》」と呼ばれる、スイカの中心部の焔のように赤い部分は、ものすごく大きくて種もなく、誰もが欲しがった。父はそれを四つに分けて、祖母、母、姉に一切れずつ渡した。そしていちばん大きな一切れを僕にくれた。片手では持ちきれないほどの大きさだった。

「食べろ、坊主《ビル》。お前には誰よりもこのスイカを食べる権利があるんだからな」

僕はトラックの荷台の縁に腰を掛けて両足をぶらぶらさせながら、甘くて冷たい、果汁をたっぷりと含んで見るからに旨そうな雄鶏の鶏冠《クレスタ・ディ・ガッロ》を味わうことにした。歯と唇で果肉をほぐしながら口に入れると、舌と口蓋で押しつぶすだけでじんわりと溶けた。

巨大スイカの最後の一切れは、父とフランチェスコおじさんとで半分に分けた。トラックの高い位置から、僕は二人に感嘆の眼差しを送っていた。そして、その日その場に集まった村人たちや、嬉しそうに雄鶏の鶏冠《クレスタ・ディ・ガッロ》をかじる家族、僕のすぐ隣で、果肉のなくなった皮をくわえながら尻尾を振っているシュペルティーノを眺めた。みんな和気あいあいとして、嬉しそうだった。僕は、そんなふうになにかを大勢で分かち合う幸せを以前にも味わったことがあるような気がしたけれど、どこでだったのかも、いつだったのかも思い出せずにいた。とにかく、いつまでもその幸せが続いてほしいと心の底から願った。

「さあ、カルミヌ、手を貸してくれ。スイカ《サラキニスキ》を順にこっちへ寄越すんだ」

雄鶏の鶏冠《クレスタ・ディ・ガッロ》の最後の一口をじっくりと味わいながら飲み込むのを見届けるなり、父は、夢見心地の僕を現実に引きずり戻した。ふだんは物憂げな父の目が満足そうに光るのを見た僕は、すぐに持ち場についた。今日という日の素敵な締めくくりにスイカを買って帰ろうと、満面の笑みでトラックの前に押しかける陽気な村人たちを、父は一人ひとり丁寧に相手していた。

一緒に食べていったら？

「一緒に食べていったら？」ロージおばさんが手招きで腰掛けるように促しながら、僕に言った。親友のヴィットリオのお母さんだ。食器のならべられたテーブルを五人の子どもたちが囲み、仔山羊のミートソースのカヴァテッリ（貝殻に似た小さなパスタ）を食べているところだった。

僕は喜んで誘いを受け入れた。おばさんの言葉は通り一遍の社交辞令ではなく、本心だとわかっていたからだ。

少し遅れて従兄のマリオもやってきた。すると、ロージおばさんは「一緒に食べていったら？」とおなじ言葉を繰り返し、カヴァテッリをたっぷり盛った皿をマリオにも渡した。続けて仲間が十人やってきたとしても、おばさんは顔色ひとつ変えず食事に誘ったことだろう。それくらい、僕らの村では客をもてなすことは神聖だった。

当時の僕にとって、ヴィットリオとマリオは誰よりも親しい遊び仲間で、前もって約束するまでもなく、行き当たりばったりに互いの家でよく一緒に食事をしていた。それぞれの母親が、「一緒に食べていったら？」と食卓に誘うだけでよかったのだ。それはあたかも魔法の呪文のようだった。

すでに食事を済ませている場合でも、鰯のスパゲッティをひと口、茄子の揚げ団子を二つ三つ、南瓜の花のフライをいくつか、アーティチョークの詰め物といった具合に、なにかしらお相伴にあずかることになる。

その晩、僕はいつにも増して人の温もりが恋しかった。その日の午後、村で生計を立てようという試みに虚しく敗れた父が、またドイツへと発っていったのだ。

果物の行商では、共同経営者と儲けを分けると食べていくのがやっとで、手を引かざるを得なかった。その後、父は地元の建設業者に雇われて、最初はマリーナに通じる道路の敷設、次いでレ・カステッラの観光村の建設と、計三年ほど働いた。ところが、常識では考えられないほどに支払いが滞り、残業手当もつかないだけでなく、ドイツよりもあまりに賃金が低いため、父は僕たち子どもに「まともな将来」を保証してやれないと言いだした。父にとっての「まともな将来」とは、僕らをクロトーネの高校で学ばせたのち、大学も卒業させ、村で安定した就職口を見つけることを意味していた。

「心配するな、坊主《ビル》。来年こそはちゃんと帰ってきて、二度と出稼ぎには行かないから」バスに乗り込むとき、父はそう繰り返した。僕は無言で、口の奥にこみあげる苦みを何度となく呑み込んだ。そのときは悲しみもあまり感じなかった。いつか父はまた出稼ぎに行くだろうと、心のどこかで予測していたからだ。

「気をつけて行ってきてね」僕は、髯でごわごわの父の頬にキスをした。そして愛犬のシュペルティーノと一緒に、母の待つ家に戻った。母はあたかも喪に服しているかのように落胆し、その晩は料理をする気力さえなくしていた。

ヴィットリオとマリオは、しょげている僕の気持ちを見抜き、そっと寄り添って慰めてくれた。

「心配するな、カルミヌ。俺たちがそばについてるから」それが彼らにできる精一杯のことだったし、ほかになにも言えなかった。二人もまた、村の大多数の子どもたちとおなじジェルマネージの息子だったのだから。

夕食後、バール《ヴィオラ》の手作りジェラートを賭けてカードゲームをすることになった。負けた者がジェラートをおごるのだ。ヴィットリオもマリオも僕がひどく気短かなことを知っているので、勝負のあいだ一度も逆らわなかった。ひょっとすると僕を勝たせるために、二人であらかじめ申し合わせていたのかもしれない。

バールを出ると、僕たちはクリーキの石垣にならんで腰掛けた。夏を思わせるような生暖かい晩だった。

「今夜はアストゥーリのさくらんぼが食べたいな。行かないか？」あまり深く考えずに僕は言った。喉の奥にはまだ塊がつかえていて、盗んださくらんぼを飲み込めば一緒に溶けてくれるような気がしたのかもしれない。

食い意地の張った腕白坊主のように余所の農園の作物を盗んで食べるには、僕たちはもう大人になりすぎていたし、家に帰れば自分の家の果物畑で穫れたさくらんぼが山盛りになった籠がいくつもあるというのに、二人とも僕の誘いに乗ってきた。「いいね、カルミヌ。もう少し暗くなるのを待ってから行こう」

それからおよそ一時間後、僕らはいちばん立派な桜の木に登り、頑丈な枝にまたがっていた。用心のためにシュペルティーノを連れていき、見張らせた。果樹園の主人が、粗塩の弾を込めた猟銃を持って追いかけてきたらたまらない。現に何度かそういう目に遭っていた。

おぼろげな月明かりに照らされた僕らは、さながら食欲旺盛な幽霊だった。できるだけ大きくて熟れたさくらんぼを、一度に三粒か四粒捥いでは口に放り込み、八方に種を吐き出す。さくらんぼは芳香を放ち、とても甘かった。その一帯ではもっとも人気が高い品種で、盗んでも食べたいという者も少なくなかった。

腹が満たされたところで僕は仲間に言った。「いいか、袋に詰めて逃げるぞ」広場で待つ仲間と戦利品を分け合うのが、一種の仕来りとなっていた。

「俺は、もう袋いっぱいに詰めた」と、マリオが言った。そのときヴィットリオがなにか言いかけたけれど、口をひらく間もなく、シュペルティーノが猛烈な勢いで吠えだした。

僕らは稲妻のような速さで桜の木から飛びおり、アストゥーリの坂を駆けおりた。背後を護るシュペルティーノが、怒鳴り散らしながら追いかけてくる恐ろしい影に向かって唸っている。「この悪ガキどもめ！　捕まえたらただじゃおかないぞ！　食ったさくらんぼを全部吐き出させてやる！」怒鳴り声に続いて、僕らの影に向かって粗塩弾を二発放たれた。銃声を聞くなり、シュペルティーノも一目散に後ろから逃げてきたかと思うと、怯えたジャガーよろしく跳躍しながら、追い越していった。

僕を先頭に、三人そろって広場に到着するなり、僕たちは緊張から解き放たれてげらげらと笑いだし、果樹園の主人の、「この悪ガキどもめ！　捕まえたらただじゃおかないぞ……」という凄みを効かせた怒鳴り声と、左手の拳を突きあげ、右手を肘の内側に添える侮辱のジェスチャーを真似た。粗塩弾は仲間の誰にも当たらなかった。袋に詰めたさくらんぼを食べていた誰かが、「うひゃあ、こいつはまずい！　蛆虫だらけだ！」と言いながら吐き出すと、笑い声はさらに甲高くなった。

「気にするな」とマリオは言った。「さくらんぼ《チラーゼ》と生肉の取り合わせは身体にいいんだから！」

翌日僕はクロトーネに戻った。当時、僕はクロトーネの教員養成高校に通っていて、スタジアムの近くに住む一家に朝食と昼食つきで下宿させてもらっていた。

郵便バスから降り立った僕の両肩には、父がふたたび出稼ぎに行ったことに対する責任が以前よりも重くのしかかっていた。

「いいか、坊主《ビル》。しっかり勉強するんだ。そして父さんたちに出稼ぎを余儀なくさせ、魂まで搾取する連中を見返してくれ」父は僕にそう言った。それだけでなく、クラスで一位の成績を収め、一族で初の大学生になるようにとも言っていた。なにがなんでも一番。それは、我が家のような家庭に生まれ、貧しい村で育った少年にとって、あまりにも高い望みだった。おまけに僕らの村は一握りの有力者によって搾取され、不平等に押しつぶされていた。僕には父の叱咤激励を聞かなかったふりはできず、翌日から、以前にも増して勉学に励むにちがいない。ひょっとすると夜遅くまで勉強するかもしれない。父はそう見越していたのだ。

授業が終わると僕はまっすぐ下宿に戻り、大家さんたちと一緒に昼食をとった。旦那さんは石積み職人で、奥さんは料理上手な主婦、それに小さな男の子もいた。

「どう、おいしいかしら？」奥さんは食事のたびにそう尋ね、僕は「おいしいです」と愛想笑いで答えた。

昼食は決まって、第一の皿《プリモ》と第二の皿《セコンド》に、サラダと果物が添えられていた。僕の家のメニューに比べると魚料理が多かった。なかでも、あさりのスパゲッティと、「漁夫鍋《クアダル》」と呼ばれる、何種類もの海の幸と赤玉葱、大蒜、パセリ、唐辛子、それにひとつかみの海藻――奥さんはそれを「海のレタス《ラットゥーカ・マリナーラ》」と呼んでいた――の入った、クロトーネ名物の海の幸のスープが頻繁に食卓にのぼった。

僕の唯一の気晴らしは、勉強の前に海辺を一人で散歩することだった。たまに、サッカーボールを持ったクラスメートと一緒になることもあった。海はいつだって僕の心を癒やしてくれた。

夕飯は自室で、村から持ってきた食材をおかずにパンを食べた。ハムやサラミ類、プローヴォラチーズ、サルデッラや塩漬けの鰯、そして食べ放題のジャルディニエーラ。僕は、栄養を摂らなければという義務感から口を動かしていただけで、味はあまり感じなかった。どれも村にいたときには夢中になって食べていたものばかりだというのに。一人で食事をしてもおいしくないことを、僕は初めて知った。孤独のせいで味蕾がしぼんでしまうみたいだった。家族や友達、故郷の村や食べ物が恋しくてたまらず、実家からたかだか五十キロのところに下宿しながら、出稼ぎに行く人たちとおなじ郷愁を味わっている気になっていた。正直に打ち明けると、最初のうちは独りで夕飯を食べていると涙がこぼれてくることすらあった。

早朝は、高校のスポーツチームにまじってスタジアムで身体を鍛えた。僕は足がとても速かった。そのころは百メートルを十一秒一で走ることができ、少なくとも短距離走ではクラスで一番だった。思いっきり走って緊張を発散しなければ、おそらく心のバランスを崩し、父が僕に課した目標を達成するための努力はできなかったにちがいない。ひとしきり運動してシャワーを浴びたあとは、濡れたままの髪で、リラックスして授業に臨めた。

二週間に一度、土曜には十三時二十分発の長距離バスに乗り込み、十五時に村の広場に降り立った。家では不揃いの家族が僕を待っていた。母と姉と祖母、それと父の手紙だ。父のキスやハグはなく、手紙に綴られた言葉があるだけだった。かくいう僕も、一年ぶりに帰郷した出稼ぎ労働者ではなく、二週間の孤独な夕食に耐えたあと、尽きかけたエネルギーと食料を補給するために帰省した学生でしかなかった。

それでも家族は、「元気だった? 少し疲れてるみたいだけど」と口々にいたわり、僕のことを優しく気遣ってくれた。なかでも母は、「お腹すいてないかい? 食事はしてきたの?」と何度も繰り返し尋ねた。

「大丈夫だよ、母さん。昼飯は下宿先で済ませてきた。まだ三時だから、晩飯には早いだろ？」僕はそう言って、母を落ち着かせた。

僕が帰ってきていることを嗅ぎつけたシュペルティーノは、パラッコ坂で猫を追いかけていたのを中断し、走って帰ってくるなり、僕に飛びつき、顔じゅうを舐めまわした。そんな誰よりも熱烈な歓迎ぶりで、僕がいなくてどれほどさびしかったのかを全身で表現するのだった。

僕は、洗濯物の詰まった鞄を部屋の隅に放り投げると、シュペルティーノを連れて外に出た。広場に行けばたいていヴィットリオとマリオに会うことができた。姿が見当たらないときには畑で仕事をしていた。僕らは残りの一日をどのようにして過ごすか、そのときの気分で決めた。たいていは、バール《ヴィオラ》で夕飯の時間までカードゲームに興じた。天気がいいときには、「君は小麦畑での出来事をなにも知らない」と、当時の流行歌を口ずさみながら、ヴィットリオのヴェスパを三人で乗りまわした。さもなければシュペルティーノに見張りをさせて、こっそり彼女に会ったり、村のメインストリートを闊歩しながら、父親からの手紙に予言された互いの将来を思い描くこともあった。

ヴィットリオとマリオは勉強を続けている僕を羨ましがり、気の早いことに、正規の教員か大学教授になった僕を思い描いていた。僕は僕で、遅かれ早かれ村を出て、父親と、実入りのいい仕事が待ち受けるドイツに移住するだろう二人が羨ましかった。ただし、妬みのようなネガティブな感情はなかった。三人とも小さい時分から友情で結ばれていたからだ。

村で一緒に過ごした最後の夏、僕たちは、甘い季節が終わろうとしていることを直感的に見抜いていたかのように、母親たちの「一緒に食べていったら?」という寛大な誘いを以前よりも頻繁に受けるようになっていた。

七月から八月にかけて、村で婚礼を祝う小夜曲《セレナータ》が奏でられると、僕らも馳せ参じた。いつか村を離れたら、そんな機会もなくなることがわかっていたからだ。

祝いごとがあるたびに、招待のあるなしにかかわらず、楽隊や新郎新婦の親族や友人たちの輪に加わった。みんなで夜のしじまを破り、伝統的な民謡や流行歌を大声で歌いながら、初夜の床から起き出した新郎が、食べ物やワインのボトルをいっぱいに詰めた大きな籠を持って現われるまで待つのだ。

ある晩、僕はくだらないことを思いついた(そのことを、いまだに後悔している)。新郎新婦のバルコニーの下で楽隊が音楽を奏でていたので、その近くで僕らも石垣に腰かけていた。片手にはドライトマトのオイル漬けとシーラ山地特産のチーズ、カチョカヴァッロをのせたパン、もう一方の手にはワインの入ったグラスを持って、音楽に合わせて歌っていた。アルコールに弱いヴィットリオは、もっぱら食べるだけで飲んではいなかった。そこで僕がマリオに目配せすると、マリオは即座にこちらの意図を理解した。

「おい、ヴィットリオ。俺たちの健康と新郎新婦の健康を祝して乾杯しようじゃないか。断るなんて無礼はするなよ」

マリオと僕はグラスのワインを一気に飲み干した。するとヴィットリオも、少しずつだったけれど、自分のワインを残さずに飲んだ。二杯目からは、彼をその気にさせるのは訳なかった。

「ヴィットリオ、ほら、健康を祝して乾杯だ！」

ヴィットリオは続けざまにワインを飲み、すっかりご機嫌だった。僕らが彼の目を盗んでグラスのなかのワインを石垣の裏に捨てていたのにも、まったく気づいていないらしい。たちまち酔いがまわり、三杯目を飲み終えるころにはヴィットリオは完全に酔っぱらっていた。へらへら笑うばかりで、なにもわからない。たとえグラスに毒を盛ったとしても、平気で飲み干し、錯乱したように笑ったことだろう。「カルミヌ、健康を祝して乾杯！ マリオ、健康を祝して乾杯！」ヴィットリオが陽気に笑いながら繰り返すものだから、僕らにも伝染し、三人で腹を抱えて笑った。でも僕とマリオはそれほど酔っていなかった。セレナータを歌っている村人たちも、僕らの騒ぎにはお構いなしで食べては歌い、飲み、みんな陽気に酔っぱらっていた。

一方、楽隊の人たちは険のある目つきでこちらをにらんでいた。僕らの騒がしい笑い声のせいで音楽が台無しになってしまうからだ。そのとき、ヴィットリオがいきなり、広場に向かって走りだした。少し走っては千鳥足をからませてよろめくものの、転びはしない。僕とマリオは笑いながら彼のあとを追いかけ、止まれと叫んだ。ところが、しだいに笑ってもいられなくなった。事態が思いもよらぬ方向に進みだし、自分たちの悪ふざけを悔いたのだ。ヴィットリオが広場の下にある石塀によじのぼり、危なっかしい足どりで歩きはじめた。一歩踏み出すたびに宙に落ちそうになる。マリオと僕はやめてくれと懇願した。「ふざけるのはよせ。なあ、頼むから下りてくれよ」それでもヴィットリオはまったく耳を貸さず、石塀の端まで歩いてから、ようやく曲芸のようなジャンプをしておりてきた。彼が転ばずに着地したのを見届けて安堵したのも束の間、ふたたび走りだし、今度は長い階段を猫のようにしなやかに上りはじめ、煙草店の向かいの、改装中の家の二階の廊下でようやく立ちどまった。

僕は全身の血が凍りついた。二階の廊下にはまだ手摺がついておらず、ヴィットリオは笑いながら、そこから空を飛ぶと叫んでいたのだ。「身体がものすごく軽く感じる。燕になった気分だ。このままドイツまで飛んでいけそうだよ。いますぐに」そして歌いだした。「空を飛ぼう《ヴォラーレ》、オー、オー」

僕たちは下から、バカはやめて冷静になるように言って聞かせた。

窮地に陥ったときよくそうするように、僕は無意識のうちに聖アントニオに祈ったにちがいない。あるいは、マリオが彼の贔屓の聖人に祈ったのかもしれない。「空を飛ぼう《ヴォラーレ》、オー、オー、ドイツに行こう、オオオオー」とわめいていたヴィットリオが、いきなり廊下にしゃがみこんで目をつぶったかと思うと、大きないびきをかきはじめた。

僕たちはチャンスとばかりにヴィットリオを二階から引きずりおろし、両脇から抱えながら彼の家の玄関先まで連れて帰った。そして、ちょうどセレナータから戻ってきたところだったお兄さんに引き渡した。

翌日の昼どき、僕たちはヴィットリオのことが心配で、家まで様子を見にいった。なにごともなく元気に食卓を囲んでいることを祈りながら。

ロージおばさんは憤りを隠そうとしなかった。「あんたたち、それでも友達かい？　うちの子は昨夜《ゆうべ》ひと晩じゅう、胃が空になるまで吐いてたんだ。いまもまだ頭が糸車みたいにぐるぐる回ってひどく痛むらしく、げっそりしているよ。かわいそうに、生涯アルコールは一滴も飲まないって繰り返し誓ってた」

おばさんはちょうど、ラグーソースのジティがたっぷり盛られた舟形の大皿を食卓に置いたところだった。その匂いが、まるで「豚のパスタ《トゥマーツ・デルク》」のように食欲をそそった。僕たちは心の底から悔いていて、おばさんの顔をまともに見る勇気も、言い訳をする図太さもなく、辺りに漂う匂いを嗅ぎながら、僕らの淡い期待を乗せた大皿を遠慮がちに見つめていた。

ヴィットリオのお母さんもさすがに哀れに思ったらしく、子どもたちに席をつめさせると、いつもの調子でこう言った。

「一緒に食べていったら？」

アンナ・カレーニナを知った夏

人生が百八十度変わるような体験をしたその夏、僕は十六歳だった。学校が長期休暇に入ったばかりで、六月二十九日がめぐってくるのを首を長くして待っていた。その日、僕はいよいよドイツに発つことになっていた。父が、列車の切符を買うための郵便為替を送ってくれたのだ。「進級祝いのプレゼントだ。おまえもだいぶ成長したのだから、よかったらこちらに来て、一緒に夏を過ごそう。キスを。父より」という電文が添えられていた。

僕は胸を震わせた。頭のなかでは早くもハンブルクを駆けまわっているというのに、実際には、あらゆる物事の動きや前進する力を妨げる六月のうだるような暑さに押しつぶされ、時間がちっとも進まないように感じられた。

広場へ行ってもヴィットリオもマリオもいないので、僕は退屈でたまらなかった。村の大半の若者の例に洩れず、二人ともドイツへ出稼ぎに行ってしまったのだ。そこで僕は、ある午後、何歳か年上の学生に会いにいくことにした。名をミケーレと言い、早くに父親を亡くし、母一人子一人でたいそう苦労しながら学問を続けていた青年だ。僕は教養豊かなミケーレを尊敬していた。彼と話していると、決まってなにか新しい学びがあった。

彼の家に入るのはそれが初めてだった。揚げたピーマンのにおいが漂う小さな台所を通り抜けて、次の部屋に足を踏み入れたところで、本がびっしりとならんだ書棚に目が吸い寄せられた。そんなにたくさんの本を見るのは初めてだった。

うちには本なんて学校の教科書ぐらいしかなかった。僕に勉強を続けさせたくて出稼ぎに行ったはずの父も、本を買って帰ることはなく、お土産といえば、チョコレートや自転車、本革のサッカーボール、腕時計、ナイロンのワイシャツといった類のものばかりだった。

僕はぽかんと口を開けてミケーレの書棚に見とれた。いつも学校で渡される教科書のように、大きくて分厚い煉瓦みたいな、あまりのページ数に圧倒される本ではなく、ほとんどがポケットサイズで、コッラード・アルヴァーロのAからイタロ・ズヴェーヴォのSまで、著者のアルファベット順にならんでいた。窓のひらいたバルコニーから射す陽の光が、光沢のある背表紙に金色のジグザグ模様を描き、いまにも棚で本がむずむずと動きはじめ、こちらに向かって歩きだすのではないかと思われた。

「よかったら、何冊か持って帰って読んでいいよ」驚嘆している僕を見て、ミケーレが言った。「きっと夢中になると思う。どれも本当の話ばかりだから」

僕は本を片端から手にとっては、まずタイトルを読み、ページをめくり、撫でてみた。そして、なかでもとくに惹かれた、『働き疲れて』というタイトルの本を選んだ。チェーザレ・パヴェーゼの詩集だ。それと、袖の内容紹介から判断するに、僕の住む世界にいちばん近そうに思えたコッラード・アルヴァーロの『アスプロモンテ山塊の人々』も。僕はミケーレの親切に礼を言い、二冊の本を抱えて家に帰った。

それから二日連続で午後じゅうベッドに寝そべり、借りてきた本を二冊ともむさぼるように読んだ。脚注なしに詩を理解できたのは初めての経験だったのと、僕と同郷の作家によって巧みに語られた、アントネッロとその家族が不当な仕打ちを受ける話に胸を打たれたのとで、僕は驚き興奮していた。

母が心配そうな表情で部屋に入ってきた。

「学校が休みになったのだから、坊《ビル》や、そんなに本ばかり読むのはやめなさい。目が悪くなるわよ。それより広場へ行って、友達と遊んできたらどうなの」

僕は返事をしなかった。僕の眉間に寄った皺から、最後のページを読み終えるまでそこを動かないつもりなのだと見てとった母は、早生の無花果《ボッタフィーキ》を皿に盛ってきた。しばらくすると、今度は桑の実の入った器、次いでプローヴォラチーズを挟んだパニーノ、さらには小さくて香りの高い林檎を五、六個と、次から次へとおやつを運んできた。僕はそれらを味わいながら、読んでは食べ、食べては読みを繰り返していたけれど、母の言葉は耳に入らなかった。

それからというもの、週に一度はミケーレの家に行き、夢中になって読んだ本について意見を交わした。パヴェーゼの『月と篝火』だとか、エウジェーニオ・モンターレの詩集、サリンジャーの『ライ麦畑でつかまえて』、エルサ・モランテの『アルトゥーロの島』。ときに僕は、理解しがたい件《くだり》や登場人物の行動を批判することもあった。そうして、長年の飢えを癒すかのように、食指の動く本を新たに貸してもらうのだった。

ミケーレの図書室のお蔭で、僕はいろいろな本を手当たりしだいに読むようになった。タイトルや表紙、紬を嗅ぎわけて、直感で進むべき道をたどり、無我夢中で失われた時間を取り戻そうとしていたのだ。同時に、母が運んでくる果物もむさぼった。頁をめくるついでに果物をつまみ、ときには目を軽く閉じて、口のなかの果物と読んでいる物語をじっくり反芻することもあった。

あと数日で出発という日、不思議なことが起こった。父のところへ持っていくため、鞄いっぱいに食料を詰めていた母に、唐辛子と大蒜を取ってくるよう言われた。そこで貯蔵庫へ行った僕は、サルデッラや塩漬けの鰯、腸詰め《サルシッチャ》のラード揚げ、塩漬けオリーヴといった保存食の入った容器や、茎を三つ編みにして束ねた大蒜や玉葱、唐辛子やオレガノやローズマリーの束などが乱雑に置かれ、充満するいくつものにおいで軽いめまいを催しつつ、ふと謎めいた物に触れた。

それは表紙がとれて折れ曲がり、虫食いの跡のある本だった。ページは古びて黄ばみ、油の染みまでついている。それでも、「幸せな家庭は互いに似通っているが、不幸せな家庭はそれぞれのあり方で不幸せである」という文章は読めた。

作者はレフ・トルストイ。アンナ・カレーニナという女性と、彼女の愛の苦悩についての物語だった。冒頭の一文からぐいっと引き込まれた僕は、続きを読みはじめ、やめられなくなった。

そこへ母の苛立った声がした。「いつまでも貯蔵庫でなにをしてるの？　頭がどうかしたの？　さっさと大蒜《フードゥラ》を持ってきてちょうだい」

「ごめん。暗くて散らかってるから、なかなか見つからなくて」僕は声を張りあげて返事をした。それから唐辛子の束と三つ編みにした大蒜をつかみ、『アンナ・カレーニナ』を小脇に抱えると、考えごとをしながら母のところへ戻った。

うちの貯蔵庫にどうして本なんてあるんだろう。誰が持ち込んだというのか。いつ、なんのために？　父や母が本を読んでいるところなんて、一度も見たことがなかった。

母に訊いてもなにも知らないと言うし、父には尋ねることさえままならない。

ひとつだけ確かなのは、『アンナ・カレーニナ』は、僕がその価値を十分理解できるようになるのを待って姿を現わしたということだ。現に、出発の日の直前まで僕はその本を読み、自分の未来の図書室の最初の蔵書となった。外見こそみすぼらしかったけれど、まるで朝の心地よい夢のように、なにもないところからふっと湧いて出たその本は、僕にとってなによりも大切な一冊となったのだ。

それから三日後、片手にスーツケース、もう一方の手には食べ物をぎっしり詰めた重たい鞄を提げて、僕はハンブルクへと旅立った。およそ四十時間という果てしない列車の旅のお伴は、『アンナ・カレーニナ』と、彼女の不幸せな家族だった。不幸せという点では多かれ少なかれ僕の家族とおなじだったけれど、理由は異なっていた。

「よく来たな、坊主《ボヌヴェヌートゥビル》」ハンブルク＝アルトナ駅で列車を降りた僕に、父は言った。「旅はどうだった？」

「長かった」と僕は答えた。「でも、この本を読んでたから退屈しなかったよ。父さんも知ってる？」

そう言いながら、僕は『アンナ・カレーニナ』を見せた。長い物語の半分以上を、すでに読みおえていた。父は知らないと答えた。

それは六月の最後の土曜だった。ワンルームのアパートに寄って荷物を置くとすぐに、父はアルトナの街を案内してくれた。魚市場《フィッシュマルクト》に赤線地帯《レーパーバーン》、エルベ川沿い、港……。

僕らは明確な目的地もなしに歩きまわった。父がぽつりぽつりと話しては、姉や母やシュペルティーノのことを尋ねる。僕らは水を飲む以外、立ち止まらずに歩いた。我慢できないほど蒸し暑く、僕は汗だくで、あてもなく街を歩きまわることに疲れていたけれど、不平は言わなかった。

夕飯はインビスで食べた。立ち食いの軽食屋だ。父がリンゼンズッペを二人前頼んでくれた。細かく刻んだ小さなソーセージ《ヴルストヒェン》が入ったレンズ豆のスープだ。それとメインディッシュは、茹でたソーセージ《ボックヴルスト》と焼いたソーセージ《ブラートヴルスト》に、「ポメス」と呼ばれるフライドポテト。そこここの街角で売られているその手のソーセージを食べるのは、僕にとっては初めての経験だった。父が串に刺して炙ってくれる地元の腸詰め《サルシッチャ》とは比べようもなかったけれど、僕にはその新しい味がとてもおいしく感じられた。旅行中パニーノしか食べていなかったせいもあるだろう。

父が注文してくれたよく冷えたビールを、僕は二口で飲み干した。喉が渇いていたのと同時に、胸の内で燃えさかっていた失望の火を消したかったからだ。もう見たいものなどなにもなかった。

休暇で帰るたびに父が話してくれた細かな描写から、僕はハンブルクのことを知り尽くしたつもりでいたのに、そんなうだるような暑さだとは思いもしなかった。

もう一杯ビールが飲みたいと言ったところ、父は瞬きひとつせずに注文してくれた。「ああ、ビールはドイツのほうが旨いからな」到達点があらかじめ決まっている思考の結論であるかのように、そう認めながら。

父は、僕が郷里にとどまることを望んでいた。したがって、父が案内するハンブルクの埃っぽく味気ないイメージは、宿命的にその町に惹きつけられる前に、僕を引き剝がそうとする方策だったのだと思う。それでもなお、父が危惧していたとおり、僕はその町に惹きつけられることになるのだけれど。第一印象は少しも魅力的でなかったにもかかわらず、ハンブルクが僕をずっと待っていたような気がした。あるいはそれは、単なる僕の願望だったのかもしれない。

月曜日、従兄のマリオが僕を迎えにきた。彼は二年ほど前から家族と一緒にハンブルクで暮らしており、自分の働いている食品工場で僕の仕事も見つけておいてくれたのだ。その工場は夏のあいだ学生アルバイトを募集していた。

「シュルベ、クシュトゥ・メソン・シ・ハベト・ブーカ」父はそう言って僕をけしかけた。「働いてみろ、そうすれば、どうしたらパンにありつけるかわかるだろう」という意味だ。僕が大人になるまで、ことあるごとに父はこの訓戒を口にした。

食品工場のなかは酢のにおいが鼻をついた。幸いイタリアの酢ほど強烈ではなかったけれど、それでも一時間も働いていると頭が朦朧としてくる。僕はドイツ語を話せなかったから、マリオに仕事内容を説明してもらい、それをそつなくこなすように努力した。朝、胡瓜や赤キャベツ、トマトや蕪、ペコロスやカリフラワーの荷下ろしをし、夕方には酢やケチャップの瓶、チューブ入りの芥子、胡瓜（丸ごとやカットしたもの）のピクルスの瓶詰、ザワークラウトの缶詰などを会社のトラックいっぱいに積み込む。

工場の食堂では、解凍した魚か鶏の胸肉、さもなければ革のように硬い牛肉の切り身、そして付け合わせには味気のない野菜を食べた。

マリオはおいしそうに食べていたけれど、僕はなにを食べても酢の味がするような気がしてならなかった。パンの代わりに食べていたじゃが芋までも。なぜか、鼻腔だけでなく、味蕾にまで酢が染み込んでくるのだった。

はじめのうち僕は、自分が被害者のように思っていた。生まれたときから故郷の土地の香りや味覚を存分に味わいすぎたため、いま不当な仕打ちを受けているのではあるまいかと考えたのだ。そのうちに、鼻をつまんで仕事をすることを覚え、愚痴をこぼすのは一切やめた。

僕のような貧乏学生にとって、ドイツの工場でのアルバイト代は破格だった。夜は、工事現場から帰ってきた父が作ってくれる大蒜とオリーヴオイルと唐辛子《アッリオ・オッリオ・エ・ペペロンチーノ》か、辛いトマトソースのスパゲッティで腹を満たした。食べおえると疲れ果ててベッドに倒れ込み、『アンナ・カレーニナ』に手を伸ばす気力など残っていなかった。

朝は、チョコクッキーとコーヒー牛乳が用意してあり、温めて飲むだけだった。僕より二時間も早く家を出て、工事現場に通っていた父が用意してくれていたのだ。

週末はありがたいことに、マリオのお母さんのマリア伯母さんのところで食事をご馳走になった。十二人もの大家族で暮らしていたので、食卓はつねに祝宴のような賑やかさで、山盛りのスパゲッティや肉料理を好きなだけ食べられた。故郷との違いは、ワインではなく、旨いビールを滝のように飲んでいたことと、村での宴ならば陽気に騒いでいるはずの年寄りたちが、人生に不満を抱え、ドイツ人に対しても同郷人に対しても恨みを募らせ、望郷心に目をうるませながら、つまらない理由で口論していることだった。

僕がドイツでの出稼ぎ体験について書いてみたいという思いに駆られたのは、その夏だった。自分の郷里から遠く離れて暮らすというのは何を意味するのか、実際に自分で体験したいま、その根底にある社会の不平等を痛切に実感し、怒りとともに告発したかった。試しにいくつか書いた短篇は、いずれも思春期の若者らしい無邪気なもので、公表したこともなく、誰にも見られないように封印したけれど、そのとき僕を突き動かしていた思いはいまでも変わらない。書かなければという矢も盾もたまらない思いだ。

九月の終わり、友達や親戚に配る小さなソーセージ《ヴルストヒェン》とチョコレートと煙草、それに本当の物語がたくさん詰まったスーツケースを持って、僕はカラブリアに戻った。ところが、残念なことに『アンナ・カレーニナ』を失くしてしまった。おそらくハンブルクに置き忘れてきたか、さもなければ父がどこかへやってしまったのだろう。ひょっとするとページを破いて、台所の木炭ストーブの火を熾すのに使ったのかもしれない。

新学期が始まると、僕はドイツで稼いだアルバイト代の一部を持って、クロトーネの由緒ある書店《チェッレッリ》に赴き、生まれて初めて自分の稼いだお金で本を買った。誇らしさと同時に、心の底から喜びがこみあげた。ウンベルト・サバ、エウジェーニオ・モンターレ、サルヴァトーレ・クアジモド、ジュゼッペ・ウンガレッティの全詩集、そしてベッペ・フェノーリオ、ルイジ・ピランデッロ、ヘルマン・ヘッセ、ジュゼッペ・ベルト、イタロ・カルヴィーノ、レオナルド・シャーシャ、サヴェリオ・ストラーティの小説だ。なかでもストラーティは、誇張や哀れっぽい郷愁を廃して出稼ぎ移民の世界を語った稀有な作家だった。

そのとき僕は書店で、色鮮やかなドレスに身を包み、印刷されたばかりの紙のにおいを漂わせた『アンナ・カレーニナ』もいったん手に持ったことを覚えている。けれども買いはしなかった。僕の古ぼけた『アンナ・カレーニナ』に愛着を感じていたからだ。いつの日か、出会ったときとおなじように、思いがけない場所からひょっこり出てくるにちがいないという確信があった。

翌年、僕はバーリ大学の文学部に入学し、それから卒業するまで、夏は毎年ハンブルクで過ごした。そのあいだに母も、それから姉も夫を連れて、ハンブルクに移り住んでいた。工場でアルバイトをして稼いだドイツの金で、僕の個人図書室は年々豊かになっていった。ダンテとボッカッチョ――この二人の大作家が、のちに僕の卒論のテーマとなる――といった古典だけでなく、概して緊張感のある重厚な文体に魅了された。そして大学の授業や課題に追われながらも、エリアス・カネッティ、ゴッフレード・パリーゼ、ジャンニ・チェラーティ、ウィリアム・フォークナー、ラッファエーレ・ラ・カプリア、ヴィンチェンツォ・コンソロ、ハインリヒ・ベル、カルロ・レーヴィにプリーモ・レーヴィ、ソール・ベロー、ルイジ・メネゲッロ、クラウディオ・マグリス、フィリップ・ロス、ダーチャ・マライーニ、アントニオ・タブッキといった作家たちを読みあさった。その後、ガルシア＝マルケスやイスマイル・カダレ、ジョン・ファンテ、ヨーゼフ・ツォーデラーらにも幅をひろげていった。僕は十六歳の夏とおなじように夢中になって読みふけったが、ただ読むだけでなく、よい書物のページには本物の物語が大切にしまわれていることを理解していった。まるで、どんなときでも、どんな所でも、蓋を開けさえすれば、酔いしれ愛でることのできる貴重な宝石箱のように。どの物語も僕の人生の一部であると同時に、普遍性を持っていた。そしておいしい食べ物と同様、頭にも心にも栄養を与えてくれるのだ。学生会館の部屋の壁に、僕は心の底から共感できるフランシス・ベーコンの名言を書いた紙を貼っていた。「味見すべき本があり、丸呑みすべき本がある。そしてごく稀に、よく嚙みしめて消化すべき本がある」

アルバレシュ語を母語として育ち、六歳までイタリア語をまったく知らず、十六歳になるまでまともな本も読んだことがなかった僕が、二十一歳半で大学の文学部を卒業し、その後、イタリア語の教師になるのだから、運命とは皮肉なものだ。

卒論諮問の日には、両親がカルフィッツィの親戚や友人を数名引き連れて参列した。僕はみんなから口々に言われた。「おまえさんに敬意を表するためにバーリまで来たんだ。おまえさんは俺たちの村の自慢だよ」

卒業を祝うため、父は僕の大学の友人全員と、卒論の主査と副査の担当教官をレストランに招待した。言うまでもなく、カルフィッツィ村からやってきた一行も同席した。メニューを決めるにあたって、父は迷わずこう主張した。「婚礼の宴《クンビト》に負けないくらい、土地の旨いものをふんだんにならべてくれ」

息子が誇らしくてたまらないこの父親ならば、金に糸目はつけないだろうと見てとったレストランの主《あるじ》は、海と山の幸を惜しまずに使った前菜の盛り合わせ、第一の皿《プリモ・ピアット》にはじゃが芋とムール貝のライスグラタンと、香ばしく炒めたアンチョビと菜の花のオレッキエッテ（耳の形をした小さなパスタ）、第二の皿《セコンド・ピアット》には、ブラチョーラ（薄切り肉で具を巻いてトマトソースで煮込んだ料理）と、「海水漬け《アッラックア・ソ》」と呼ばれるタコの料理（その名にたがわず潮の香りがする）のそれぞれ二種を準備して、父を満足させた。付け合わせには、蚕豆のピューレとチコリ、野生玉葱《ランパッショーニ》のボイルが運ばれてきた。ただし、野生玉葱《ランパッショーニ》は唐辛子が利いていないと、母をはじめ同郷の人たちは文句を言った。みんな地元で穫れる唐辛子の、口から火を吹くほどの辛さに慣れっこだったのだ。

僕の隣に座った父は、大きな鞄を足下に置き、運ばれてくる料理と料理の合間に、プローヴォラをはじめとするチーズ、サルデッラ——父はこれを「村の辛口キャビア」と呼んでいた——、そしてソプレッサータを引っ張り出しては会食者にふるまっていた。その日ほど顔を輝かせた父を、僕は見たことがなかった。声をあげて笑い、説教をし、教授たちに感謝の笑みを送り、友人の前で僕を褒めちぎった。そして、この歳まで生きてきて、学部長が「百十点満点と賛辞に値する成績で卒業した文学博士」と僕を呼び、「額にキスを。卒論は出版に値する」と講評したときほど大きな喜びを感じたことはなかったと繰り返し言った。もしかすると父も、母とおなじように泣いていたのかもしれない。ただし母よりは控えめに。

宴もたけなわになると、酔いがまわったせいか、父の眼差しに宿る喜びはもはや抑制が効かなくなっていた。村から持参したワインは、僕が生まれた年に、いつか息子の大学卒業を祝う日のためにと父がボトル詰めにしたうちの二十リットルだった。父はその話を、会食者たちに得意満面で語って聞かせ、村にはまだあと二十リットル残っていて、息子の結婚披露宴のためにとってあるのだと言った。それは力強いワインだったけれども、ウエディングケーキを凌ぐほど大きなケーキがテーブルに運ばれてきた瞬間に、父の全身の毛穴からほとばしり出ていた多幸感ほど強烈ではなかった。

母は、二人の愛する男に挟まれて終始ご機嫌だった。「幸せな家庭は互いに似通っている……」そのとき、ふと僕の頭にその一節が浮かんだ。すると父は、まるでこちらの思考を読んだかのように鞄の奥を探り、表紙がとれて折れ曲がった本を取り出した。情熱的な眼差しの、美しい女性の横顔が目に飛び込んできた。

「古いスーツケースのなかに入ってたんだ。ずいぶんぼろぼろだが、おまえが探してた本だろう？」

トルストイという著者名の下に、鉛筆で、『アンナ・カレーニナ』という題が、いかにも労働者らしい力強い筆跡で書かれていた。

第二の皿《セコンド・ピアット》と、そのほかの味覚

SECONDI E ALTRI SAPORI

アルベリアのシェフと、美食の館《ヴィッラ・グストーザ》

「俺は、子どもらに確かな未来を築いてやれるだけの収入が得られなかったから故郷をあとにすることにしたんだ。なにも飢えで死にかけてたわけじゃない。ここドイツには、おかしな偏見を持つ連中が多くて困る」ハンブルクのイタリアセンターで、アルベリアのシェフがそう言った。

「かつて、俺たちの食事はじつに人間らしいものだった。それがいまではすべてに不純物が混じり、味も昔とはすっかり変わっちまった。たとえ昔ながらの味が残っていたとしても、俺たち人間のほうが昔のままではなくなり、口のなかでかつての味を夢見るだけになってしまったんだ。それでも俺は順応した。唐辛子の入ったウインナーソーセージだって食うし、ドイツ人に輪をかけた芋食らい《パタターロ》にもなった。ドイツ語で言うところの「カルトッフェルフレッサー」だな。じゃが芋を茹でて、カラブリア風の味付けで食べるのさ。ワインヴィネガーとオリーヴオイル、細かく刻んだ唐辛子と大蒜でね。ビールだってしこたま飲む。だからって別にドイツ化しているわけじゃなく、もうひとつ別の味覚を持っているようなものだ。ひょっとすると口がふたつあるのかも。いや、味覚が混淆した口がひとつあるだけなのかもしれんな。自分でもうまく説明できないが、確かなのは、俺はひとつも後悔してないってことだ。それだけは間違いない。自分らのように年を重ねた者ならば誰もが持つ、もはや若くないという哀感をのぞけばな」

要するに、およそ二十年の歳月を経て、僕たちの道がふたたび交わったというわけだ。

当時、僕はビーレフェルトのイタリア人学校で、小学一年生から高校生までを相手にイタリア語を教えていた。住まいは中華料理店の上階にある狭いアパート。立ち込める揚げ物のにおいで頭がぼうっとするだけでなく、ほかの外国人の住人とバスやトイレが共同だったため、最低限の時間しか家にいないようにしていた。すなわち、寝るときとコーヒーを淹れるときだけだ。週末はたいてい両親や姉に会いにハンブルクへ行き、家族の温もりや母の料理の香りに浸った。

その日、僕は従兄のマリオに連れられてイタリアセンターを訪れていた。ハンブルク＝アルトナで暮らすドイツへの出稼ぎ労働者《ジェルマネージ》の憩いの場で、ドイツのレストランでは決して食べられない旨い料理が食えるんだ、とマリオは請け合った。

愛想のいいドイツ人の女性がシュトリーデラットを運んできたとき、僕は驚いた。「アルバレシュ料理じゃないか」と思わずマリオに言った。

するとその女性は、まっすぐ僕の目を見て反論した。「いいえ、これはイタリアのパスタです。シェフはイタリア出身ですから」

シュトリーデラットを味わううちに、あの「アルベリアのシェフ」が料理したのではあるまいかという確信めいた思いがむくむくと頭をもたげた。大蒜と刻み唐辛子がぴりりと利いた白隠元は、まぎれもなくかつて口にしたことのある味だったのだ。

パスタを食べおえてから、僕は調理場に案内してもらった。

案の定、アルベリアのシェフがレードルを片手に四人の女性を束ねている。ドイツ人が二人にイタリア人が二人だ。僕はひと言、「カルフィッツィ村の出身です《ウ・ヤム・カ・カルフィッツィ》」とアルバレシュ語で挨拶した。

すると彼は、「フランコ・モッチャだ。よろしく」と応じた。

そのときまで、僕は彼の本名を知らなかった。僕らは旧知の友と再会したかのように抱擁を交わした。むろん彼のほうは僕を憶えていなかったけれども、僕の村で婚礼の宴の準備をしたことは憶えていた。最後に携わった宴席のひとつだったからだ。それからほどなくの六〇年代初頭、彼もまた一枚の雇用契約書をポケットに携えて南イタリアを後にし、働きながらドイツの町を転々とした。ビーベラハでは建設現場で、ドルトムントでは鋳物工場で、ブレーメンでは造船所で、フランクフルトではレストラン&ピッツェリアで。ただし、レストランは茹ですぎのミートスパゲッティとマルゲリータピッツァを温めるだけの毎日に嫌気がさし、一か月足らずでやめてしまった。いまは鉄道会社で働いている。電車賃がただになるというメリットがあったからだ。

彼はそうしたことすべてを、調理場でビールを飲みつつ、フライパンにオリーヴオイルをひき、大蒜と唐辛子を入れ、スライスしたドイツのソーセージと菜の花を炒めながら語ってくれた。

「さあ、席に戻って続きを食べてくれ」ひとしきり話したあと、アルベリアのシェフは言った。「ソーセージと菜の花《ソジッス・メ・ウロークル・ラッピエ》を作ったんだ。ここでこの味を本当にわかってくれるのは、きみときみの従兄だけだ。ただし、ドイツ人の味覚にいくらか合わせている。みんながみんな俺たちのように辛いもの好きとは限らんからな。そうだ、もし時間があるなら、明日の日曜日の夕方六時ごろにセンターに来ないか。俺の家に案内しよう。友達からは美食の館《ヴィッラ・グストーザ》と呼ばれてるんだ。理由は来ればわかるよ。場所はこのすぐ裏の、ゲラニエン通り。そうすればゆっくり話せる」

家に帰った僕は、アルベリアのシェフに再会したことを両親に伝えた。すると意外にも、二人はそろって言ったのだ。「シェフって誰のこと?」あの婚礼の宴のことも、余所の村から来たシェフが調理場を仕切っていたことも、おぼろげな記憶しかないようだった。それどころか、シュトリーデラットのことは憶えていたけれども、二人とも母が考えたレシピだと思い込んでいた。

翌日、僕はふたたびイタリアセンターへ行き、アルベリアのシェフと落ち合った。そこでビールを一杯おごってから、十分ほど歩いて美食の館《ヴィッラ・グストーザ》に向かった。

「館」というのは、四十平米ほどの畑の奥に立つ、木造の小さな家だった。おなじ広さの畑がいくつもならんだいちばん手前にあり、各々の畑は木の柵で仕切られていた。フランコ・モッチャは、ピーマンや唐辛子、大きいけれどもまだ緑のトマト、茄子や胡瓜がいくつも実り、玉葱や大蒜が育ち、ローズマリーやローリエ、イタリアンパセリ、タイム、チャイブ、ミント、セージ、バジルなどの香草が育つ畑を誇らしげに見せてくれた。どの野菜も勢いよく繁茂している。

「週末はここで、気ままに畑仕事をして過ごすんだ。作物に水を遣り、土地を耕し、野菜を収穫し、香草を摘む。たまに妻も一緒に来るけれど、あんまり畑仕事が好きじゃなくてね。家でのんびりしているほうがいいらしい。平日は妻も働いているからね。クリーニング店に勤めてるんだ。彼女の場合、出掛けるとしたら、もっぱら商店街でウィンドーショッピングさ。家庭内離婚も同然だよ。俺たち夫婦だけじゃなく、家族がてんでんばらばらだ。休みの日は、俺はここに来るが妻は家、ふだんは俺も妻もそれぞれの職場だろ。息子はミラノ、娘はミュンヘンで、自分たちの家族と暮らしてる。それでも、家族四人が互いを思い合っていることに変わりはないがな」

　シェフは木造の家に僕を招き入れた。ちょっとしたキッチンと小さな居間があるだけだ。どちらの部屋にも、唐辛子の束や、三つ編みにした大蒜や玉葱が、まるで静物画のように壁に飾られていた。キッチンの片隅では、山のように新じゃがの入ったケースがひときわ存在感を放っていた。

　フランコ・モッチャは冷蔵庫からブクヴァッリァを二枚取り出した。イタリア語でいうところの、オリーヴオイルのフォカッチャ（ピッツァの原形と言われている平たいパン）だ。それをオーブンで温めるあいだ、彼は赤ワイン一本と、ビール瓶二本の栓を抜いた。ブクヴァッリァは皮の部分がパリッとしていて、唐辛子とオレガノの香ばしさが引き立っていた。僕は、母だったら余った豚肉も入れるだろうとフランコ・モッチャに言った。そうすればさらに旨味が増す。消化にはいくらか悪いかもしれないけれど。

　飲んだり食べたりしながら、僕たちはアルバレシュ語とイタリア語とドイツ語の単語が入り混じった独特の言語で、郷里の話に花を咲かせた。ワインとビール、そして何年かぶりに食べたブクヴァッリァが一緒くたになったせいだろう、ふと気がつくと僕は、幼少期に体験した婚礼の宴のことを郷愁とともに語り、出だしだけ憶えていた円舞《ヴァーリア》の物悲しい歌を口ずさんでいた。

するとフランコ・モッチャがこれ見よがしに欠伸《あくび》をした。それで僕は彼の気持ちをようやく理解した。

「そうだね。確かにそのとおりだ。郷愁になんて浸らないほうがいいのかもしれない」

「そのほうがきみのためだと思うね。俺はそんなものは感じないよ。俺の故郷も、俺の世界も、そっくりここにあるからな」彼は即座にそう応じながら、音がするほど強く自分の胸を叩いた。

実際、彼の言うとおりだった。その四十平米の土地にある木造家屋と畑で、トマトや唐辛子や大蒜や玉葱やじゃが芋や胡瓜に囲まれて、フランコ・モッチャは生まれ育った家にいるかのように感じていた。だから郷愁とも無縁でいられたし、故郷の土地のようにその土地を耕しているあいだは、どんなことでも心穏やかに受け容れられるのだった。

それからというもの、僕はハンブルクを訪れるたびにフランコ・モッチャに会いにいき、ひと時を一緒に過ごすようになった。僕は彼が好きだった。僕が知っている大半のジェルマネージとは異なり、決して愚痴をこぼさなかったからだ。いつも皮肉をまじえながら、自分の「いま」について語っていた。そのうえ、彼のお手製の料理を食べると、僕は己のルーツに回帰できた。それを口にすることで、おいしいものを食べていた郷里の記憶がよみがえるのだった。

それから数年のあいだ、僕は、せわしないブランコのように、ドイツとカラブリアのあいだを、カラブリアと北イタリアのあいだを、そして北イタリアとドイツのあいだをひっきりなしに往き来した。唯一とどまることを余儀なくされたのがローマで、兵役に就いたときだった。

最初のうち僕は、兵営での暮らしに適応できずに苦しんだが、しだいに貧乏旅行をしている観光客になったつもりで兵役の期間をやりすごせばいいのだと思いなおした。考えてみれば、世界でもっとも美しい町のひとつに滞在しているのだ。午前中はチェリオ軍病院の売店で計理の職務を果たし、午後は兵役仲間と連れ立って街を散策した。

そのときの仲間に背中を押されて、僕はローマの小さな出版社から薄っぺらい詩集を上梓した。『人生という迷宮で』というタイトルだ。刷ったのは全部で八百部。それを半年あまりかけて、友人たちが売り切ってくれた。大半は、休暇で、あるいは任期を終えて故郷へ喜び勇んで帰っていく兵隊仲間が買ってくれた。たかだか千リラの本代を渋る者はほとんどいなかった。

詩集の売り上げで、友人たちと連れ立って週に二、三回、テヴェレ川沿いのビアホールで食事をした。その店では自家製のパンを厚めに切り、生ハムを添えて出してくれたのだが、僕らのように年がら年じゅう腹を空かせていた若者にとっては、このうえもないご馳走だった。僕らが座ったテーブルの前の壁には、「ビールを飲む者は、百歳まで長生きする」と大書された、ひときわ目立つ貼り紙があった。それを読んでさらに調子に乗った僕らは、共同の会計袋に入った紙幣を使い果たすまで飲んだ。そして、仲間とともに飲み食いする機会を与えてくれた僕の小さな本に感謝しつつ、陽気に兵営へ戻るのだった。

「『詩ではパンは食べられない《カルミナ・ノン・ダント・パネム》』なんて格言は嘘っぱちだな」そのたびに、レッジョ・エミリア出身で、僕とおなじく大卒の仲間が講釈を垂れた。

兵役を終えると、僕はいったんカラブリアに戻り、故郷の村とサン・ニコラ・デッラルト村でしばらく中学の教師をしていたが、その後、北イタリアのヴァルテッリーナ、さらにはドイツへと教える場所を求めて移り住んだ。ときにはイタリアの最北の村、キエーザ・イン・ヴァルマレンコで月末まで仕事をし、翌月からはドイツのブレーマーハーフェンで教えることもあった。それでもクリスマスは必ず故郷のカルフィッツィ村に戻り、休暇で帰ってくる両親や姉一家と一緒に過ごした。たとえなにがあろうと、クリスマスの十三品のご馳走や、幼子イエスの誕生を祝って教会の前で焚かれる大きな篝火をあきらめるつもりはなかった。どちらも、郷愁に胸を締めつけられる極寒の日々、千五百キロ離れた場所から僕の心を温めてくれた。

クリスマス休暇が明けると、僕はふたたびリヴィーニョやブレーメン、ソンドリオやリューベックに戻った。父はしぶしぶ僕を送り出しはしたものの、大学の卒業証書を持っているにもかかわらず、単なる出稼ぎ労働者として故郷を発っていく親不孝な息子に対する憤懣を隠そうとはしなかった。僕に大学を出させるために、父は何年も外国で苦労してきたのだから。一方、母は大きな鞄いっぱいにおいしい食べ物を持たせてくれた。せめて口のなかの郷愁だけでもなだめたかった僕は、できるだけ長持ちさせるために少しずつ食べた。

「いいこと、坊《ビル》や。しっかり食べるのよ。食費を削っては駄目」出発のたびに、母は繰り返した。するると横から父が、まるで出征する息子に対するように言い添えた。「気をつけるんだぞ。つねに両目をしっかり見ひらいてるんだ。広い世界は、パンの酵母よりはるかに酸っぱいんだからな。故郷の村のようなわけにはいかない」

　ハンブルクに行くことがあると、僕は欠かさずアルベリアのシェフを訪ねた。彼のために、郷里の村から自家製のオリーヴオイルと、チロワイン、そしてクルジックェを一袋持っていった。クルジックェというのはアーモンドや胡桃《くるみ》を詰めた干し無花果四つを十字の形につなげたアルバレシュの伝統菓子で、彼の大好物だった。ほかにも、北イタリアのボルミオからは熟成したブレザオラ（塩漬け肉）の塊や、アルプスの香草でつくられた食後酒アマーロのブラウリオ、リューベックの老舗カフェ《ニーダーエッガー》からは、チョコレートでコーティングしたマジパンのプラリーネ、ポンテ・イン・ヴァルテッリーナからは、ピッツォッケリ（ロンバルディア州ヴァルテッリーナの名物料理）といった具合に、各地の名物を手土産に持っていった。なかでもピッツォッケリは蕎麦粉で作られたタリアテッレに似たパスタで、《ダ・ネッロ》という居酒屋の女将さんの手打ちだった。それだけでなく、女将さんはソース用の食材まで持たせてくれた。ヴァルテッリーナ産のじゃが芋にサボイキャベツ、カゼーラチーズ、そしてパルメザンチーズに胡椒だ。足りないのは、家に着くまでに溶けてしまうバターと、美食の館《ヴィッラ・グストーザ》で大量に栽培している大蒜だけだった。

　どれも会うたびに僕の心を朗らかな気分にしてくれ、おいしい料理で胃を満たしてくれるシェフへの、僕からのささやかな愛情の印だった。僕は心から彼に感謝していた。そのため、北イタリアのトレンティーノに腰を落ち着けると決めたときも、フランコ・モッチャのことを考えると、ドイツを離れることが躊躇されたほどだった。僕にとってフランコは、美食の館《ヴィッラ・グストーザ》の主であるよりも前に、アルベリアのシェフだった。

出発の日、別れの挨拶をしに行くと、ラドラーという名前の、ビールをレモネードで割った飲み物で乾杯してくれた。北と南の飲み物の混淆だ。ヴァカンスに出掛けるときのように微笑んだつもりでいた僕の眼差しのなかに、彼は、ハンブルクを後にする寂しさを見てとったのだろう。いかにもアルベリアのシェフらしい言葉で僕を元気づけた。「どこへ行っても、その土地特有の味というものがある。いくつもの異なる土地で暮らすうちに、きみの舌にはものすごく豊かな味覚が養われるだろうよ。大切なのは、自分たちの土地の味に、新たな味を加えていくことだ。根っこの部分に郷里の味があるかぎり、べつの場所で暮らしていても、その土くれの香りは失われないはずだ」

カネデルリ

　僕が初めてトレンティーノにやってきたのは二十六のときだった。最初はひとつの学校で二週間、次の学校で十日間といった具合に短期の臨時教員を務めていたので、あいだに長い休暇が有無を言わさず挟まれた。そのため、たとえ中古でも車なんて買う余裕はなかったから、電車やバスを使って移動していた。場合によっては同僚の車に乗せてもらうこともあり、そんなときにはガソリン代を割り勘にしてもらった。

　それには利点もあって、自分でハンドルを握らないから、お伽噺の世界のような景色を楽しめた。冠雪した山々、急勾配にへばりつく村、唐松《からまつ》や樅《もみ》の暖かな色の森、谷間はすでに仄暗い静寂に包まれているというのに、最後の陽光を一身に引きつける城……。僕もまた、暗い静寂のなかにいた。

土地というものは、偏りのない眼差しで見つめ、その本来の味わいを理解してくれる者に対してのみ、己の秘められた魅力をさらけ出す。初めてトレンティーノの地を踏んだときから僕は、余所者にありがちな批判眼を封印し、異邦人の雰囲気を醸し出していた顎鬚とぼさぼさの巻き毛を短く刈り込んだ。その髪型と鬚のせいで、どことなく革命家のような、それでいて自分の殻に閉じこもった人間だと見られていたからだ。そして訪れる先々で、一目惚れするかのように土地に魅せられた。

ロヴェレートからフォンドへ、フォルガリーアからトゥエンノへ、サルノーニコからタイオへ、クレスからトレントへ、コーレドからマッタレッロへ、ベゼネッロからリーヴァ・デル・ガルダへ、僕はつねに移動しながら、瞳いっぱいに美しい景色をため込んでいた。ときおり辺鄙な谷間《たにあい》の村々に立ち寄って食事をすることもあった。名前を忘れてしまった村もあるけれど、口のどこかには、いまだにそのときの味が残っている。とりわけおいしいものは、目を閉じて味わいさえすれば忘れることはない。

「おいしい料理を食べられる店を教えてもらえませんか」僕は下宿先の主人や泊まっているホテルのフロント、あるいは地元の人らしき通りがかりの人に尋ねることにしていた。「手頃な値段で」とは敢えて言わずに。口にしなくとも、僕がなにを求めているかは目を見れば自ずとわかるはずだった。当時の僕は、いつだって若者ならではの猛烈な空腹を抱えていた。

「そこの角を入ったところに、素朴な料理が食べられる店があるよ。値段も高くない」

ときには幸運に恵まれることもあった。「ちょうどいい。いま俺も食堂《トラットリア》へ食べに行くところだ。一緒に来るかい？　ただし、俺の舌を信じるならだが」

僕は、見ず知らずの人を信じてついていくだけでなく、ときには相席を願い出ることもあった。「どうぞ、座ってくれ」たいていの場合、そんな言葉が返ってくる。なかには方言で自己紹介をはじめる人もいた。「わしの名は《ミ・サリア》……」この地方に特有の条件法の使い方で名告《なの》る態度には、初めてこの地を訪れたときから僕を魅了していた地元の人たちの控えめな気質が感じられた。

断られることは滅多になかった。おそらく、食事をともにする相手に飢えた僕の眼差しを不憫に思ってのことだろう。あるいは、僕と同様、彼らも孤独な食事に嫌気がさしていて、誰かと一緒にいたかったのかもしれない。相手が僕とおなじ南イタリアの出身である場合をのぞくと、食事のあいだ、さしたる会話は交わさなかった。それでも、傍らに誰かがいるというだけで、執拗な郷愁を抑え込み、落ち込まずにいる力が湧いてくるのだった。そう、僕は、海や愛情、故郷の土地の甘酸っぱい味に飢えていた。なににも増して、ビーレフェルトで知り合ったドイツ人の彼女の笑顔が恋しく、居ても立ってもいられなかった。

僕が初めて長期の臨時教員を務めることになったのは、ロヴェレートでだった。考古学者パオロ・オルシの名が冠された学校で開かれた、中卒の資格を得るための社会人向けのコースだ。ありがたいことに、文学を教えていた二人の同僚が地元の歴史に詳しかった。この二人の同僚と、大半が僕より年上の生徒たちのお蔭で、僕は自分の移り住んだ土地の豊かな文化を少しずつ知るようになっていった。それだけでなく、土地の歴史に刻まれたさまざまな傷跡も発見した。その多くが第一次世界大戦中のもので、集団的な強迫観念かと思えるほど、住民たちは誰もが思いの丈を吐露した。

僕の住んでいた家の外壁にもいまだに傷が残っていて、大家さんによると、手榴弾の跡らしかった。とはいえ、僕からしてみれば、歳月と貧困という名の爆撃を浴びた郷里の家々の壁のほうがよほど傷んでいるように思えた。

下宿は絶好のロケーションだった。パオロ・オルシ中学からほど近い、映画館兼劇場の前。角を曲がれば、噴水のほとばしるロズミーニ広場だ。ただし不便なこともあった。なによりバスとトイレがアパートの外廊下にあって、冬には凍えるような寒さのなか、上着を着てシャワーを浴びに行かなければならなかったのだ。その代わり、アパートの一階が《ベッラ・ヴィスタ》という食堂《トラットリア》になっていて、食事には困らなかった。階段を下りて、いったんパガニーニ通りに出てから店内に入るのだが、いつ行っても大勢の客でごった返していた。安くておいしいというなによりの証拠だ。

この店で初めてカネデルリ（パンなどで作る団子の一種。ドイツ語圏ではクネーデルと呼ばれる）を食べて以来、僕はすっかり魅了されてしまった。材料は馴染みのものばかりだ。硬くなったパンの白いところ、スペック（生ハムの一種）、サラミ、牛乳、バター、小麦粉、卵、パセリ、チャイブ、ナツメグ、それに塩。ところが、それらが混じり合うと、どこか懐かしい、それでいてまったく新しい、唯一無二の風味が生じるのだった。母ならば、「ごちゃ混ぜのおいしさ」と表現したことだろう。僕はカネデルリに夢中になり、まずはバターとセージで味付けしたものを三つ平らげ、さらに自家製ラグーソース味を三つお代わりした。もうひとつの味付け、コンソメスープに浮かせたカネデルリは、夕飯の楽しみにとっておくことにした。

その日、相席させてもらった初老の男性は、僕が一心に食べるのを笑みを湛えて眺めていたが、しだいに共感作用が高まったのか、パンをワインに浸しては嬉しそうにすすり、僕にもおなじことをしてみろと目で勧めた。それから軽く両目を閉じてゆっくりとワインを飲み、食事を終えた。その時点で半リットルは空けていたけれど、見たところ、彼のような年まわりの常連は、たいがいその倍は飲んでいた。

席を立つ前に、僕は老人に握手を求め、自分の名を告げた。すると彼はにっこりと微笑んだ。そこで僕は、「お名前をうかがってもいいですか？」と丁重に尋ねてみた。

いつものとおり「わしの名は《ミ・サリア》……」という言い回しが返ってくるだろうと予想していたが、返事がない。質問を繰り返そうとしたときに、返事ができないのだとわかった。聾唖者だったのだ。僕は偶然の一致に驚いた。というのもポンテ・イン・ヴァルテッリーナで親しくしていた人も聾唖者で、《ダ・ネッロ》という居酒屋で食事をしているとき、よくパンをワインに浸して食べていたからだ。

その相席の老人を改めて見たけれど、ヴァルテッリーナの知人のまぼろしではなかった。そうではなく、たいていのことは読唇で理解してしまう、屈強な体格の老人だった。おそらくこちらの驚きを見てとったのだろう、僕を安心させるように微笑むと、ウエイターからペンを借りてきて、紙ナフキンに「チェーザレ」と書いてみせた。「わしの名は《ミ・サリア》……」という言葉は、声を伴わない唇の動きで伝えてくれた。

それからというもの、僕は連日のようにチェーザレと昼食をともにし、彼の選ぶ料理を僕も注文した。カネデルリだけでなく、牛の尻肉と隠元豆《カルネ・サラーダ・エ・ファゾイ》や大麦のスープ、地元では「プロブスティ」と呼ばれるウインナーソーセージのボイルとザワークラウト、豚の腰肉と仔牛の肉の腸詰《サルシッチャ》め、じゃが芋のポレンタ、そしてデザートには林檎のシュトゥルーデルと、グラッパをたっぷり入れたエスプレッソ。あいにくチェーザレには夕飯もトラットリアで食べられるほどの経済的な余裕がないらしく、夜はいつもミルクスープで済ませているのだと、ジェスチャーと筆談を混ぜながら話してくれた。

　ワイン代はいつも僕が払っていた。ハウスワインを一人半リットルずつ。中甘口のマルツェミーノで、父が醸造する十五度もあるガリオッポに比べると軽くて、まさしくパンを浸して食べるのにぴったりだった。そのころには、チェーザレを真似て僕もそうするようになっていた。

　新学年が始まる九月に、ようやく僕はトレント市の教育委員会から正式な任命を受けて、一年契約の教員になった。プーリア訛りの親切な職員が、まだポストに空きのある地域の地図を見せてくれた。僕はざっとその地図に目をやり、ノン渓谷の北側にあるフォンド村を選ぶことにした。地図で見るかぎり、鉄道駅のあるボルツァーノからほど近いように思われたからだ。そうしてフォンド村の中学に赴任し、家具付きのアパートに引っ越すと、意気揚々とドイツに住む彼女に電話をした。僕のところに来て秋の休暇を一緒に過ごさないかと誘い、ボルツァーノの駅で降りるように伝えたのだった。

彼女を待ちわびる日々、僕は持て余した時間や疎外感《フレムト》――トレンティーノにいても、ときおりそうした感覚に苛まれていた――を紛らわせるため、とくに目的地も定めずに散歩をした。道に迷わないよう、教会の鐘楼を目印にして。

ある晩、林檎園に足を踏み入れた。ちょうど陽が沈んだばかりで、美しい緑や赤の林檎の実を残光が照らしていた。地上の楽園でイヴが思わず手を出したのも、きっとこんな林檎だったにちがいない。僕は実をひとつ捥ぎ、家に帰ったら洗って食べようとポケットに入れた。悪いことをしているという感覚はなかった。それどころか、ついでだからと、たわわに実をつけた堂々たる枝ぶりの木から、もうふたつばかり捥いだ。

そのとき、ふいに声がしたので僕は焦った。「いくらなんでも、それはないだろう……」まるで亡霊の口から怒りとともに吐き出されたかのような音節だった。

いつの間にか闇があたりを包んでいたので、声の主の姿は見えない。最後の「それはないだろう……」には、怒りというより失望がこもっていた。聞き覚えがあるような気がしたものの、誰の声なのか思い出せない。「それはないだろう……」ひきずるような足音とともに声が近づいてくるのを感じたとき、僕は恐ろしくなり、林檎の実を地面に落として逃げ出した。子どもの時分、夜更けにさくらんぼの実を盗み食いしているところを見つかって逃げたときとおなじように。

翌日の放課後、行きつけのバールでよく見かける老いた農夫が学校に現われた。なにかの折に、白ワインを飲みながら言葉を交わしたことがあった。彼は僕のほうに歩み寄ると、目を見据えて言った。「先生、あんまりですよ。先生には親しみを感じていますが、昨夜のことはいただけない。まったくよろしくない。林檎が欲しいのなら、そう言ってくれればよかったのです」そうして袋いっぱいの林檎を僕の手に持たせたのだった。

おそらく僕の顔は羞恥で真っ赤になっていたはずだ。言い訳をしようとも思わなかったし、なにを言っても納得してもらえなかっただろう。彼は裏切られたと感じていた。それも当然だ。僕は許可もなく彼の土地を踏み荒らしたのだから。断りもせずに、彼の労苦の成果をもぎとるという行為を犯した。それに対する落胆が丸ごとこめられた、「いくらなんでも、それはないだろう」という言葉が、僕をあざけり罰するかのように耳の奥でいつまでも木霊《こだま》していた。

せめてものお詫びのしるしとして、村の食堂《トラットリア》で一緒に昼食を食べないかと誘ってみた。「いや、結構です。もう食事は済ませました」生真面目な面持ちで彼は答えた。「ですが、赤ワインを一杯だけいただきます」

僕たちは差し向かいでテーブルに座り、林檎についてはそれ以上なにも話さなかった。僕は空いている椅子の上に林檎の入った袋を置き、メルローワインを一本注文した。彼のグラスにワインを注いでから、カネデルリを頼むつもりだったのだけれど、コンソメスープがいいのか、バターとセージ味がいいのか、ラグーソース味がいいのか決めかねた。そこで、三つのうちいちばんおいしい味付けはどれか尋ねてみた。すると彼は、祖母の口癖とおなじ台詞を返したのだった。

「空腹こそが最高の調味料です」

どこへ行こうと庶民の知恵は変わらない。

ポレンタとンドゥイヤ

十月のある日、ドイツ人の彼女から、あなたに会いにイタリアへ行くから、と連絡があった。翌日、彼女の学ぶ大学があるビーレフェルトを発つ予定だと言う。

「やっと会えるね」僕はそう言って、ボルツァーノの駅で降りるように指示した。僕が住んでいたノン渓谷は、ボルツァーノの駅からすぐだと思い込んでいたのだ。

正直なところ、ボルツァーノ村からノン渓谷の中心にあるフォンド村まで、公共の交通機関を用いると、いくつもの山をぐるりとまわらなければならないなんて考えてもみなかったし、最短距離を車で行こうと思ったら、急坂で知られるメンドーラ峠を越えなければならないことも知らなかった。

結局、彼女の前でさらす無知を最小限に食いとめるため、一年契約の教員の懐事情にしては交通費がばか高くつくのを承知のうえで、タクシーで彼女を迎えに行った。「とてもきれいなところね」タクシーから降りるなり彼女は言った。暖かな秋の陽射しに照らされた高原や、遠くに連なるドロミティ・ディ・ブレンタの峰々、たわわに実をつけた林檎の木、そして周囲にひろがる牧草地や森……。

彼女は僕と違って方向感覚が優れていただけでなく、なにかと計画し、準備することが得意だった。そのため翌日から、彼女のほうが僕を、近隣の名所に案内してくれた。トゥン城、アダメッロ・ブレンタ自然公園の赤い水を湛えたトヴェル湖、サン・ロメディオ聖所記念堂……。いずれも心に深く刻まれる場所ばかりだった。記念堂に行くには岩をくりぬいて造った細い道を通るしかなく、記念堂を通り越したところでは、退屈のあまり悲しげな目をした熊にも会えた。だが熊にしてみれば、愛想笑いを浮かべて近づいてくる訪問客など、はなはだ迷惑だったにちがいない。

天気がいい日には、職場から帰る僕を彼女が待っていて、弁当を持って、家からほど近い森や草原に出掛けることもあった。ライ麦パンに麦わら色のバターを厚ぼったく塗って、スペックや高地牧場のチーズを挟んだパニーノは、さわやかな空気のなか、彼女がドイツから持ってきたビールと一緒に食べると格別だった。デザートには森の果実を摘み、食後はアンズタケを探した。アンズタケは、その日のうちに調理して、ローズマリーで香りをつけたタリアテッレのソースにした。僕は、そんな彼女への感謝の気持ちを、ブルーベリーやスグリや野苺の味がするキスで返すだけでなく、土曜の晩にはレストラン《灰色熊《オルソ・グリージョ》》へ連れていき、地元の名物やジビエ料理を食べさせた。なかでもカネデルリはもはや僕の大好物となっていて、いま自分が暮らしている土地に対する愛着の、おいしくて抗いがたい表象だった。

「どうして、ほかでもなくトレンティーノに住むことにしたの？」あるとき彼女にそう尋ねられた。

「ハンブルクと故郷の村のちょうど真ん中にあるからさ。ヨーロッパの地図をひらいて定規で測り、正確に真ん中の地点を探したんだ」

するとと彼女は笑いだし、キスをしながら言った。「あなたって本当に嘘つきね！」

「正直に打ち明けると、ちょうど真ん中は山の頂上だった。でも、万年雪のある山頂では暮らせないだろ？　だから、少し谷のほうの、住みやすそうな土地を選んだってわけさ」

「信じられない。そんなの作り話でしょ？　でも、いい選択だったと思う。とても素敵なところだもの。私もここで暮らしたいな」

その最後のひと言に、僕が彼女の口から聞きたかったすべてが詰まっていた。


それからの数年、僕はタイオ、トゥエンノ、コーレドと異動を繰り返し、ようやく正規の教員のポストに就くことができた。

そして、晴れて大学を卒業してクレスにやってきた彼女と、庭のある小ぢんまりとした一軒家で一緒に暮らしはじめた。庭には樅の木を一本植えて、畑を耕した。彼女はドイツ語の講師としてトレント大学に採用され、僕はトゥエンノの中学校に勤務していた。夏休みはカラブリアに帰省し、クリスマス休暇はドイツの彼女の実家で過ごす。愛する人のためならば、クリスマスイヴの十三皿のご馳走も断念できた。代わりに、クリスマスの正餐はそれまで馴染みのなかった、これまた極上の味が僕を満たしてくれた。ドイツの伝統にのっとって、林檎、玉葱、挽き肉で詰め物をし、たっぷりの焼き汁で滋味を加えたガチョウのロースト。付け合わせは、赤キャベツ、煮林檎、苔桃《こけもも》、そしてカルトッフェルクレーセと呼ばれる大きなじゃが芋の団子《ニョッキ》だ。

　クリスマス休暇が終わると、僕たちは北イタリアのクレスに戻った。

クレスでの暮らしは快適だった。彼女の両親がよくドイツから訪ねてきては、近くの草原でピクニックをしたり、ノン渓谷の村々に散策に出掛けたりした。唯一の欠点は、彼女の教えている大学があり、僕もしょっちゅう訪れていたトレントまでの交通の便が悪いことだった。そこで数年が経ったころ、トレントか、あるいは近隣の村に引っ越すことにした。

　僕ら二人にぴったりの住まいを見つけるのはたやすいことではなく、長いことあちこちの物件を見てまわった。そんなある日、ロヴェレートとトレントのあいだにあるベゼネッロという美しい村を訪れ、売りに出されていた物件を大家さんに案内してもらったとき、その家が僕たちをずっと待っていたような気がした。陽光に輝くベゼーノ城を望むバルコニーに出るなり、思わず二人で歓声をあげた。「そう、こんな家を探してたんだ！」

　新居への引っ越しを祝うために、僕らとおなじようなミックスカップルを二組招いた。フォンドで暮らす、地元トレンティーノ生まれと国外出身者のカップルだ。それと、クレスで知り合ったシチリア人の同僚二人。九月だったので、テラスで昼食をとることにした。前菜には、サラミやハムの盛り合わせ、辛口サルデッラ、母のお手製ジャルディニエーラと、カラブリア料理。次いで、彼女が愛情のこもった思いがけない料理を用意してくれた。硬くなったパンと僕の郷里のオリーヴオイルで作ったカネデルリに、溶けたバターをからめてテーブルに運んできてくれたのだ。トレンティーノの友人たちも、これまで食べたなかでいちばんおいしいカネデルリだと絶賛した。僕にとっては、それが世界一のカネデルリだったことは言うまでもない。

新しい家は、ゆったりとした三階建てのテラスハウスだった。木製の広いテラスがあり、四月から十月ぐらいならそこで食事もできる。ベゼネッロは緯度の割に気温は低くなかった。イタリア一大きなガルダ湖から吹いてくる、「ガルダのそよ風」と呼ばれる暖かな風のお陰だ。「きみのような南部野郎《テッローネ》には理想的だな」と、その自然現象について説明してくれた隣人が言った。その後、笑みを浮かべて「冗談だよ」と言い添えはしたけれど。

庭にはベゴニアや大きなバラが生えていた。それと、いまにも枯れそうな桃の老木が一本。そこで、せっかく気候が温暖なのだからと、僕は大好きな無花果の木を植えることにした。さらに、柿、プラム、桜、杏子《あんず》も一本ずつ植えた。少し経ってから、日本の枇杷《びわ》を植えたのだけれど、やがてそれがいちばん立派な大木に成長した。義兄がハンブルクから鉢に植えて持ってきてくれたものだ。異国生まれの植物が、土壌も気候も異なる地に見事に適応したわけだ。冬に咲く花は霜にあたると萎れてしまうけれども、「ガルダのそよ風」がうまいこと木を暖めてくれると、六月の終わりから七月にかけて、ジューシーな実を無数につける。あまりに数が多くて甘いので、小鳥にも友達にも分けてあげられた。

僕にとってそれは自慢の庭だった。どこよりもカラブリアを思い出させる場所だったからだ。そのため、僕らの家や庭、料理やワインに魅せられて足繁く通ってくる彼女の両親のように、父と母もベゼネッロに遊びにくるようにと何度も言った。


天邪鬼なところのある父は、僕が家に招待するのをあきらめたころになって、ようやく母と一緒にベゼネッロへ来る決心をした。カラブリアでの休暇のあと、ハンブルクに戻る途中で立ち寄るというのだ。到着したのは夜だったので、庭はほとんど見えなかった。それでも母は嬉しそうに言った。「どうか神の祝福がありますように。本当に素敵なところだねえ。花のいい匂いがするよ。家もとてもきれいだ」

次の朝、僕は朝食のために二人を呼んだ。ところが寝室には母しかおらず、父の姿は見当たらなかった。

「今朝早く、散歩《ジリヤータ》に行くと言って出掛けたきり、帰ってこないんだよ。まったく困った人だねえ。あたしはいつだって死ぬほど心配《スパニャーレ》させられて、冷や汗をかく羽目になる」

僕は母を落ち着かせようとした。「とにかくコーヒーを飲もう。父さんはじきに戻ってくるだろう」ところが時間が経過し、母がなかば中毒のようにコーヒーを四杯飲み終えても、父は帰らなかった。

しだいに僕も心配になってきた。ひょっとすると道に迷ったのかもしれない。あるいはどこかで具合が悪くなったのかもしれない。いや、みんなの心配などどこ吹く風で、口笛でも吹きながら散歩しているだけかもしれない。いずれにしても、祭日らしい華やいだ雰囲気が、父のせいで台無しになりかけていた。

一時近くになって、浮かれた足取りの父が、キノコのたくさん入った袋を抱えて帰ってきた。なのに母ときたら、父に内緒で袋ごとゴミ箱に捨ててしまったのだ。自分の畑で穫れたキノコでさえ信用しない母が、余所のキノコ《フンジ・フォレステーリ》なんて信用するはずもなかった。

昼ごはんを食べながら話してくれたところによると、父は一帯の野や畑を隈なく歩きまわり、まるで応接間のように整然とした葡萄畑や、然るべき形に剪定された果樹、さまざまな種類のキノコが生え、歩哨のようにまっすぐで背の高い木々の繁る、村の周辺の森林を見てまわったらしい。道すがら、何人もの農夫たちとも言葉を交わした。どの人も、深く皺の刻まれた顔や賢そうな目つきから、実直な働き者だということがうかがえた。みんな方言を話していたので、全部ではないけれど、大切なことは理解できた。郷里の村と違って、この町には県の補助がおりること、働きさえすれば尊厳の保たれた暮らしができること、経済的に困窮してはいないこと。だから、昔は彼らも国外へ出稼ぎに行っていたけれど、いまはもうそんな必要もなく、汗水流して働けば土地が応えてくれる。これも僕たちの村とは大違いだった。ただし、土地が美しくて滋養をたっぷり含んでいるという点では、村も引けを取らなかった。

僕は、父の鋭い分析に驚いたのと同時に、嬉しくもあった。そこで、ここぞとばかりに言い返した。おそらく雪辱を果たす意味合いもあったのだと思う。「ほらな、住みやすいところだって言っただろ？」

すると、父は瞬きひとつせずに言った。「ああ、だが、ここには潮の香りのする最高な空気もなければ、故郷《くに》のような旨い食べ物だってないじゃないか……」そして、父が自分で持ってきたスピーリンガ村のンドゥイヤを褒めたたえた。辛い物好きにはもってこいの、豚肉と細かく刻んだ唐辛子を混ぜたペースト状の腸詰めだ。これはカラブリア一旨いンドゥイヤでね、と父は言った。パンに塗って食うんだが、指までしゃぶりたくなるほどの絶品なんだ。

それを聞いて、みんなはどっと笑った。ついさっきまで父は、バターとセージで味付けしたカネデルリがおいしいと、お皿についたソースまでパンできれいに拭いて食べていたし、ベゼネッロの白ワイン、モスカート・ジャッロを飲んだときには、「これこそが本来あるべきワインの姿だ。村のワインのように頭がくらくらしない」などと、褒めちぎっていたからだ。

続いて彼女お手製の日本料理が披露された。醬油で味を付けた豚バラのブロックに、たっぷりの大蒜と玉葱を加えてオーブンで焼き、茹で葱の付け合わせと一緒にいただく。彼女は、オーブンに入れる前に、冷蔵庫で一晩、醬油に漬け込んだのだと説明した。母はそれを心ゆくまで味わいながら、こんなにおいしい料理は自分には作れないと謙遜した。

父はといえば、前言と矛盾したことを口にするのを恐れてか、なにも言わなかった。無言で、さもおいしそうに食べては飲んでを繰り返していた。

続いて、スピーリンガ村のンドゥイヤをのせたポレンタが食卓に運ばれてきた。北部と南部が見事に融合した彼女の創作料理で、シンプルではあるけれど、僕にとってみれば料理の傑作といえるものだった。ポレンタとンドゥイヤの上に、シーラ山地のプローヴォラチーズを薄く切ってならべ、軽く焼き色がつけてある。

父はそれを天にも昇るような心地で味わっていた。父にとってポレンタを食べるのは三度目か四度目のはずだけれど、好みにぴったりの辛いポレンタはそれが初めてだったのだ。そして、またしても思ったことをそのまま口にした。

「お前の彼女はしっかり者だな。早く嫁さんにもらったらどうだ」

水の奇蹟

「あのときの水の旨かったこと」ハンブルクのアパートで日曜の昼食を食べていたとき、父が言った。その日のメニューは、パスタ・ピエーナという、ミートボールやプローヴォラチーズ、腸詰《サルシッチャ》めなど、具だくさんのトマトソースのパスタをオーブンで焼いた料理だった。僕は、ただ黙々と食べる父とは違い、最初の一口を飲み込むなり、なによりも母を喜ばせる言葉で褒めたたえた。「最高においしいね。村にいたころに母さんが作っていたのと変わらない味だよ」

「馬鹿な《チョティーエ》ことを言うな」すかさず父が反論し、ビールをぐいっとあおってから続けた。「ここには、村とおなじものなんてひとつもありゃしない」

　自分の息子が地元で就職することを夢見ていた父は、郷里を出るという僕の決意によって夢が打ち砕かれてからというもの、憤懣を隠そうとせず、ことあるごとに突っかかってくるのだった。

僕がトレンティーノでそこそこの暮らしをしていたことも、いまはケルンで外務省の職員にイタリア語を教えるという、社会的な立場も高く、収入も悪くない仕事に就いていることも、さして重要ではないらしかった。そのうえ、僕がドイツで新たな職を得たことで、少なくとも月に一度はハンブルクで会えるようになったというのに、取りつく島もない。僕は父にとって、親不孝で許しがたい息子でしかなかったのだ。

父は一方的にパスタ・ピエーナの話を打ち切ると、水について話しはじめた。若い時分に飲んでいた、故郷の村の近くの岩と岩の隙間や泉に湧いていた水のことだがね、と前置きしながら。女衆が縄で樽を背中にくくりつけて汲んできた水を、男衆がロバに背負わせて村まで運ぶ。そうして何キロも歩く労苦は、その水をひと口《ジッカータ》飲む瞬間に報われた。それは、申し分のない幸せのひと口だった。

「あんな水は、ここドイツにはないね。いちばん高い鉱泉水《ミネラルヴァッサー》でも、あれほど旨くはない」父はそう言い添えた。きらりと光る父の瞳のなかに、昔懐かしい情景が映っているような気がした。僕は父と一緒にアストゥーリの水を飲み、小百合《ジリエット》の滝か運河《カナーレ》の森で水浴びをしながら、涼をとっていた。

父が懐かしくてたまらないと嘆く故郷のものは、数こそそれほど多くなかったが、なかでも水が恋しいらしく、片時も忘れたことのない、遠い昔の恋人について語るように話した。

すると母が渇水の年のことを語りだし、父の牧歌的な記憶を曇らせた。天然の泉からは水がちょろちょろと細く流れるか、ひどいときにはぽたぽたと垂れるだけで、樽いっぱいの水を溜めるのに丸一日かかることも珍しくなかったじゃないの。反対に、水が猛威をふるう年もあった。大雨が降りつづいて葡萄畑が濁流と化し、みるみるうちにふくらんだかと思うと、ありとあらゆる種類の草木や生き物を呑み込みながら海へと押し流してしまった。ときには不運な人が巻き込まれることだってあったのよ。そうして最後には、汚れた洗濯物を小川で洗うのがどんなに大変だったかを父に思い出させた。まず石のたらいを用意して、灰を入れた水を沸騰させるでしょ。それから洗濯物を色ごとに分けて、何層かに重ねてそのお湯に浸すの。汚れ《ロルディーア》が浮いてきたら、きれいな水で濯ぐと、とってもいい匂いになったものよ、と昔語りをした。母は当時を懐かしんでいるわけではなく、ドイツで初めて買った愛用の洗濯機をドイツ語風に「ヴァッシュマシーナ」と呼んでありがたがっていた。

　その日も母は、水に対する父の愛惜を容赦なくこき下ろした。パスタ・ピエーナを褒めた僕ならば、きっと味方してくれるにちがいないと思ったのだろう。

「そんなことは俺のほうがよく知っている」父はむっとして言い返すと、やにわに立ちあがった。「俺は、昔飲んでいた水の味について話してただけだ。当時の暮らしのほうがよかったなんて、ひと言も言ってない」それから僕に向かって、父の子ども時代と僕の子ども時代の違いを強調するために、いつものように恨みがましく言い添えた。「おまえは恵まれてる。望みさえすれば村で暮らすことだってできたんだ。幸運の星の下に生まれたようなものさ。なんといっても村に水道が引かれた年に生まれたんだからな。旧い時代は終わり、新たな時代が幕を開けたんだ」

　そうして、まるで魔法のように村じゅうの給水場から冷たい飲用水がほとばしり出たのを祝って、広場で開催された祭りのことを話しはじめた。水はごぼごぼと陽気な音を立てて流れ出し、俺たちになにやら語りかけ、飲んでごらんと誘い、肉体の渇きも心の渇きも癒してくれたのさ。

先祖代々受け継がれてきた渇きが村には染みついていた。そのため僕たち子どもも水を大切にするよう厳しくしつけられ、無駄にしようものなら容赦なかった。何度も拳骨で叩かれ、顔面にビンタを食らうこともあった。さながら、地面にオリーヴオイルを一リットル注いだか、あるいは、焼きたてのパンを、口もつけないでイラクサの繁みに投げ捨てたかのように。村の人々にとって水は命綱であり、雨が降らなければ生命を維持する器官がひからびて、断末魔の苦しみを味わい、死に至る。

僕は、聖アントニオの像を先頭に練り歩く雨乞い行列に加わった日のことを思い出した。まだ幼かった僕には、行列の意味がわからなかった。六月十三日（聖アントニオの祝日）はとっくに過ぎていて、楽隊もなく、行列だけが野山のほうに向かって歩いていた。笑みを浮かべた聖人の像の薄っぺらい唇に農夫たちがくっつけた塩漬けの鰯が、真っ赤な口髭のように目立っていた。塩漬けの鰯が聖人に抗しがたい喉の渇きを引き起こし、その渇きを癒すために天から水が降ってきて、干からびた野畑も再生してくれることを祈っていたのだ。

僕たちは硬い土くれの上を歩いていた。六月末の我が物顔の陽射しの下、いじけた雲がひとつ浮いているだけの空を、大人たちが悲嘆に暮れた眼差しで仰いでいる。僕はほかの子どもたちと、やはり喉の渇きをうるおすことができずに弱っている蜥蜴《とかげ》を追いかけて遊んでいた。そのとき村人たちが奇蹟を呼び起こそうとしていることを僕は知らなかった。もう五か月近く雨が降っていなかった。畑の作物の葉は風が吹くたびに粉々に散り、土埃が服喪のシーツのようにあらゆるものを覆い、干からびて軽い小麦の穂は痛々しく、木々の果実は樹液が不足していて成長できず、ぱさぱさだった。

そのとき僕は、老いた農婦が泣きながら聖人に話しかけているのを見た。僕の知らない言葉で祈っていて、かろうじて理解できたのは「水を、天からの恵みの水を、さもないと土地が死に、土地と一緒に自分たちも死んでしまう」という行《くだり》だけだった。

僕たちの行列は半日練り歩いてから村に戻った。聖人の像はふたたび教会に安置され、女の人がその口もとから塩漬けの鰯を取りのぞき、まるで小さな子どもにでもするように、刺繡の入ったハンカチで優しく唇を拭いていた。そうして僕たちは教会をあとにした。一人残された聖人が、村の災難や世の渇水について取り計らってくれるらしかった。

母は信じ切っていた。「明日には雨が降る」そう言うと、僕を見てにっこりした。「聖アントニオ様はいつだって私たちをお救いくださる」

雨が降りだしたのは、翌日の朝十時のことだった。村人たちが家から飛び出してきて、その聖なる雨に全身を打たれていた。天を仰いで口を開き、大きくふくらみ、にぎやかで、生命力にあふれた雨粒を飲んだ。僕も喉が渇いた小鳥のように思いっきり口を開けた。最初のうち温かかった雨粒は、しだいに生ぬるくなり、最後にはひんやりとおいしくなった。ふたたびエメラルドグリーンの輝きを取りもどした大地に土埃も呑み込まれ、野も畑も森も、一帯が至福の笑みを湛えていた。

昼食が終わると、僕はその水の奇蹟の話を父と母に語って聞かせた。母は、細部を思い出そうとおぼろげな記憶をたどる僕の手助けをしてくれたが、父は髭の下に皮肉めいた笑みを浮かべて聞いているだけだった。当時、父は南ドイツへ出稼ぎに出ていて、村にはいなかった。

母がコーヒーを運んできたのを機に、僕は話題を変えた。「一時間後の電車でケルンに戻る。ケルンは美しい街だよ。人々は親切で、居心地もいい。たいていの物は手に入るしね。手に入らないのは母さんの手作りのパスタ・ピエーナと、ミートボールぐらいだ」

僕が母の顔を横目で見ながら微笑むと、母は嬉しそうに、そして誇らしげに答えた。「坊《ピル》や、あなたに神のご加護がありますように。いい仕事が見つかったのなら、どこで暮らそうと構わない。あなたの心が喜びで満たされていれば、それでいいの」

ちびちびとコーヒーをすすっていた父が、ようやく口をひらいた。「おまえたちは厄介なことに、まだ奇蹟なんてものを信じているのか」そして、煙草に火を点けた。「いずれにしろ、村の水で淹れたコーヒーの味に敵うものはないね」

ルカのオリーヴの家

そこは風通しのいい岩がちな土地で、針金雀児《はりえにしだ》に覆われた断崖の手前にあった。桑の木、葉の繁った胡椒木《こしょうぼく》、オリーヴの古木が四本と野生のオリーヴが一本、そして土地をぐるりと取り囲むようにフィーキ・ディンディアが数本生えていた。ラバ道の脇の一画がとりわけ荒涼としており、土壌が硬くて石が多いため、草も生えず、巨大化した野茨がはびこるばかりだった。子どものころ、僕は懸命に鎌でこの野茨の枝を払い、秘密基地にしていた。ほぼ毎日のように、そこから遠くの海をぼんやり眺めては、ときおり胸の内にこみあげる不安をやわらげていたものだ。

それから何年もの歳月がめぐり、僕はドイツ人の恋人を伴って、その土地を訪れた。そして、ここは父方の祖母に土地を譲った親戚の名をとって、「ルカのオリーヴの地」と呼ばれているのだと彼女に語った。ニューヨークから送られてきた間違いだらけの文法の手紙には、ようやく決別した不平等な社会や困窮した暮らしには二度と戻るつもりはないという、怒りにも似た決意が綴られていたらしい。

彼女はその話をすでに知っていたかのように、真剣な面持ちでうなずいた。じつは、その土地に一歩足を踏み入れた瞬間に頭をよぎった、混沌として不可解なイメージにうなずいていたのだと、あとになって話してくれた。以前にも訪れたことのある気がするのだけれど、いつのことなのかも、なんのために来たのかも思い出せず、ただ奇妙な懐かしさを覚え、奥深いところで身近に感じたらしかった。

僕たちは「ルカのオリーヴの地」に強烈に魅せられ、姿の見えない蝉時雨で時折さえぎられる長い静寂のあと、そこに自分たちの家を建てようと、その日のうちに決めていた。それは、博打のようにも白昼夢のようにも思われた。僕たちはまだ若く、自由になる資金なんて雀の涙ほどしかなかったけれど、二人とも頑固で、バイタリティーにあふれていた。

彼女がそのときに描いたイメージ画を、いまでも僕は大切に持っている。アーチのついたテラスが設えられた平屋建ての小さな家で、海に面した大きなフランス窓のあるリビングと、寝室が二部屋、キッチンとバスルームと物置き部屋がある。

翌年には建築工事が始められ、ブルドーザーが地面を均した。建物の基礎に母は、幸運をもたらす卵と硬貨、そして邪視から守ってくれるヘンルーダの束を投げ入れた。

未来の家の外壁から数歩のところに、威風堂々としたオリーヴの木が勢いよく伸びていた。幹の根もとは盛り土に埋まっていたが、妖精の玉座《フェアリー・リング》を思わせるよじれて太くなった部分はむき出しだった。たぶんこのオリーヴは、よきアメリカ《メリカ・ボーナ》へと旅立つ前にルカが植えたものだろう。僕はあるとき彼女にそう話した。彼女は幹に軽く身をもたせかけると、誇らしげに未来を見つめ、恋に落ちた男がシャッターを切るのを待っていた。そのとき撮った一枚は、僕が持っている彼女の写真のなかでもひときわ美しい。

　夏季休暇は、村に戻って石積み職人の手伝いをした。家のどんな小さな部分にも僕たちの手が入っていた。クリンカー煉瓦に至っては、自分たちで一枚一枚丁寧に選んだものだ。少しずつできあがっていく家とともに僕たちも成長したので、骨の髄まで自分たちの家だと感じられた。

　家ができあがると、父が、雨水を貯める槽、ガレージ、川底の石を敷いた小道といった家屋のまわりの工事と、松、柘榴《ざくろ》、アーモンド、枇杷、洋梨、夾竹桃《きょうちくとう》、無花果などの木を植える作業を手伝ってくれた。そのときに一緒に植えた椰子《やし》の木は彼女の父親から贈られたもので、いまでは庭の女王といった風格を醸している。その木をぐるりと取り囲むように、竜舌蘭とフィーキ・ディンディアが繁っていた。

　内装は極力シンプルなものにした。もっぱら夏を過ごすための別荘なので、周囲の豊かな自然そのものが、なにものにも代えがたい贅沢だったからだ。

　僕らはアリーチェ岬まで海水浴に行くと、帰りがけに実家へ寄った。母はそのたびに僕たちのために腕をふるい、赤ピーマンとじゃが芋《ピーピ・エ・パターテ》をご馳走してくれた。ピガードのオリーヴオイルを使ってとろ火でじっくりと炒めたものだ。本来ならじゃが芋が赤ピーマンの辛味を和らげてくれるはずなのだけれど、自慢の料理がまるで野草のように味が薄くなるのを嫌って、母が激辛の唐辛子《コルニチェッロ》を二、三個加えるものだから、ものすごく辛かった。

新しい家が静かな薄明かりのなかに僕たちを迎えてくれる。夕飯の選択肢はよりどりみどりで、選ぶのに戸惑うほどだった。両親からもらってきた生ハムとネート平野のメロン、それに家で焼いたパン、庭に自生するスベリヒユを摘んで作った柔らかなサラダ、シーラ山地のモッツァレッラと我が家の畑で穫れたトマトとバジルに、ピガードのオリーヴオイルをたっぷりとかけたカプレーゼサラダ。なんといっても欠かせないのが母のお手製の赤ピーマンとじゃが芋《ピーピ・エ・パターテ》で、それを食べると、口のなかで心地よく燃える焔を鎮めるために、プローヴォラチーズをお伴に赤ワインを飲みたくなるのだった。

僕らは二階のベランダで食事をした。ここで口にするものはなんでも旨いと、父がさも得意げに言った。空気までもな。それからみんなして素足のまま一階のテラスに出ると、ハンモックに寝そべって、常磐樫の森から吹いてくる涼風と無限にひろがる空の輝きを愛でた。

毎朝、僕は食い意地の張ったカケスたちと競い合うように、「ニヴレッリ」と呼ばれる、甘くてさっぱりとした、小さな黒無花果を頬張った。僕の大好物の果物だ。木から捥いですぐの実を十個ほど平らげてから、皿いっぱいに盛ってテーブルに運び、世界一おいしい朝食にありついた。オーブンから取り出したばかりのパンと黒無花果《ニヴレッリ》、そしてドイツのコーヒーをブラックで。砂糖を入れなくても、黒無花果《ニヴレッリ》が口のなかにも人生にも、甘みを添えてくれた。

大蒜とオイルと自尊心と《アッリオ・オッリオ・エ・ディニタ》

足掛け三十年にわたる出稼ぎ生活を続けたあと、父はようやく僕との約束を果たし、今度こそ本当にずっと村にいることになった。

父が最初にしたのは、二区画の野畑を購入することだった。一か所はマルトラーナに、もう一か所はピガードに。ピガードのほうは、祖父のカルミネから相続した小さな地所と地続きだった。

「こいつは驚いたね。さんざん働いて金を貯めたんだから、これからは広場でのんびり遊んで暮らすものとばかり思ってたよ」父の友人たちはそう口をそろえた。

すると父は、愛想笑いを浮かべて返した。「まあな、だが、畑仕事は身体にいい」

父の言うことはもっともだった。フランスでは地下の炭坑で働いていたし、ドイツでは道路にタール舗装を施す工事現場で働いていたのだから。

父は毎朝、乗用耕運機で畑まで出かけ、作物に水を遣り、ひよこ豆の種を蒔き、オリーヴの木の剪定をした。そして夕方近くになると、薪を担ぎ、キノコやちび玉葱《チプルッツェ》、チコリ、ビーツ、野生のアスパラといった野菜や、果物がいっぱいに入った籠を提げて帰ってくる。決して手ぶらで帰ることはなかった。

オリーヴの収穫期が近づくと、父から「一人じゃ収穫しきれん。オイルが欲しいなら、おまえも来て手伝え」というぶっきらぼうな電話がかかってくる。僕はオイルが欲しいものだから、言われるままに、十月の終わりか十一月の初めに帰省して収穫を手伝った。むろん、交通費が嵩むうえに仕事も休まなければならないことを考えると、ひどく高くつくオイルにちがいなかった。「それでも、なにものにも代えがたい黄金の液体を持って帰れるんだ。おまえたちがこだわっている徹底的な有機栽培で、少しもえぐみのないオリーヴオイルだぞ。これさえあれば子どもたちは医者要らずだ」父はそう言って、僕をその気にさせた。「英国の女王でさえ、夢に見るようなオイルだよ」

僕たちは早起きをしてオリーヴ畑に向かった。父は愛用の耕運機に乗り、火のついた煙草をいつも口にくわえている。耕運機の荷台には、うちに来て間もないシュペルティーナが座り、恐怖の色を浮かべた目でカーブだらけの道を凝視していた。僕は年季の入ったボルボ・ステーションワゴンを運転してその後ろからついていく。一日の作業が終わると、その日に収穫したオリーヴのケースを僕のボルボで搾油場まで運んだ。

オリーヴ畑に着いたとたん、シュペルティーナは耕運機から飛び降り、伸びをしたかと思うと、常磐樫が生い繁る森へと一目散に駆けていく。まもなくその姿は僕らの視界から消え、ようやく自由の身になったシュペルティーナの嬉しそうに吠える声だけが少しずつ遠ざかっていくのだった。きっと野生動物を追いかけているのだろう。ことによると、僕が子どものころに飼っていたシュペルティーノのように、不思議な香りのするじゃが芋を嗅ぎつけたのかもしれない。

僕は父を手伝ってオリーヴの木の下にネットを敷いた。それから長柄棒《ペルティカ》を用いて絶妙な力加減でオリーヴの枝を叩き、そのあいだ父は、手の届きにくい枝の葉叢に隠れた実を意地になって落としていた。「ひとつも実を残すなよ。もったいないからな」そう口を酸っぱくして言いながら。

あるとき、どんなオリーヴよりも威厳のあるナポリから移植した老木の実を収穫していると、一羽の駒鳥が飛んできて父の肩にとまった。そしてぴょんぴょん飛びはねながら腕伝いに下りたかと思うと、巣の形に軽く曲げた掌にちょこんと納まった。

僕は呆気にとられた。駒鳥がおとなしく父に撫でられていたからだ。その目は怖がっているようではなく、父の手の動きを警戒する様子もなかった。たこだらけの急ごしらえの巣のなかで静かに丸くなっていた。父が、ポケットに入っていたパンの切れ端を取り出し、駒鳥にキスをしてから、もう一方の掌のなかでパンを砕いてやると、駒鳥はおいしそうについばみはじめた。

それは、三年前、網に引っかかっていたのを父が見つけた駒鳥らしかった。片方の翼に怪我をしていて身動きができず、死にかけていたのを、網から慎重に外してやり、水と餌を与えて介抱したのだと父は話してくれた。翌朝も、その次の朝も、駒鳥はナポリのオリーヴの老木の枝で待っていて、収穫を見守った。それからというもの、毎年この時期になると飛んでくるのだそうだ。

いや、もしかするとおなじ鳥ではないのかもしれん。網に引っかかっていたのを助けてやった駒鳥の、子どもか孫ということも考えられるぞ。駒鳥の羽毛を撫でてやりながら父はそう言い添えた。父のそんな優しい手つきを僕はそのとき初めて見た。

十時近くになると、僕は早くもお腹がすいてくるのだった。父はそんな僕に気づき、「俺たちもそろそろなにか食うとするか。休憩の時間だ」と言った。母が持たせてくれた朝食の入った麻の包みをほどくと、ハムやペコリーノチーズ、ンドゥイヤのオムレツ、そして乾燥リコッタチーズの燻製の香りが空気中に漂いはじめた。すると、匂いを嗅ぎつけたシュペルティーナが、尻尾を振って吠えながら走ってきた。とたんに駒鳥は飛び去り、ナポリのオリーヴの老木の葉陰に姿を消した。おそらくそこに巣があるのだろう。さすがの駒鳥もシュペルティーナには心を許せないらしかった。

僕たち二人と一匹は、ひたすら無言で食べた。シュペルティーナの口もとからぺちゃぺちゃという騒々しい音が聞こえてくるだけだ。野や畑には光が満ちあふれ、空気は芳しくて暖かく、春のような陽気だった。父は、僕の顔と自分の畑とをさも得意げに眺めていた。

父にとっての野や畑は、牧歌的な感傷とは無縁な、なにか堅実でごつごつとした具体的なものであり、そこに肉体労働を加えることで、おいしい味やかぐわしい香り、鮮やかな色に変化するのだった。小麦、ひよこ豆、蚕豆、えんどう豆、無花果、葡萄、洋梨、枇杷、胡桃、アーモンド、そしてありとあらゆる種類の野菜。

父にはとりわけ自慢の作物が三つあった。春になるときれいにならんだ花を一面に咲かせる大蒜。その光景はチューリップ畑を思わせたけれども、チューリップよりも優美で、紫一色だった。ふたつ目は、細長くて黒い、ナポリのオリーヴ。よく熟した実ならそのまま食べてもおいしいし、ほかの種類のオリーヴは混ぜずに搾ると、芳醇なオリーヴオイルが採れた。それと、角の形やボタンの形の唐辛子。父の畑の唐辛子は一帯で穫れるなかでも抜群に辛かった。あとは、パスタをどこかから調達してくれれば完璧だ。むろん、手打ちのパスタならなおよかった（ときおり母は、畑で穫れた小麦を挽いた粉でパスタを打つことがあった）。アルデンテに茹でたパスタを、大蒜とオリーヴオイルと唐辛子で味付けすれば、それだけで口いっぱいに燃えるような喜びがひろがり、腹は極上の風味で満たされる。それこそが父の大好物だった。なにが食べたいと母に訊かれるたびに、父は決まって「大蒜とオリーヴオイルと唐辛子《アッリオ・オッリオ・エ・ペペロンチーノ》のスパゲッティ」と答えた。調理時間がわずか十分と手軽だから、父自身もドイツの建設現場のプレハブ小屋で幾度となく作っては、仕事仲間と食べていた。おそらくそのたびに、郷里の味を思い出していたのだろう。

　村に戻ってからというもの、父は三つ編みにした大蒜と唐辛子、オリーヴオイル、ワイン、塩漬けのオリーヴ、ドライ無花果、その他もろもろの味覚でつねに食料貯蔵庫を満たしていた。家族で食べられる量をはるかに上回っていたので、その多くを親戚や友人に分けていた。幼いころ食糧難で苦しんだ経験があり、食べ物のありがたみが身に染みていたのだ。そのため食べ物が十分に手に入るようになったいまでも、子どもたちや孫たちにパン屑ひとつ残さないよう言い聞かせていた。

　若い時分に大土地所有制度の下で命が削られるほどに搾取され、仲間とともに未開墾の土地を耕すしかなかった父にとって、それはいわば意趣返しでもあった。今度こそ、血の汗を流して耕した土地から多くの収穫を手にしてやる。そのとき弁当を食べていたまさにその場所で起こった出来事について語りながら、父はそう言った。土地には命が宿っており、人間と等しく敬意を払う必要があるというのが父の口癖だった。

僕は夢中になって話を聞きながら、父の造ったワインをちびちびと飲んでいたが、父はもっぱらビールを飲んでいた。父は毎年、僕が来るときのために樽いっぱいのワインを仕込んでおいてくれた。フルボディの度の強いワインで、血のような赤だった。ボトルに詰めて、トレンティーノに持って帰るべきだと父は言い張った。「これなら安心して飲める。化学薬品をまったく使っていないワインだからな。ガリオッポ種の葡萄百パーセント、不純物ゼロのチロワインだ」

休憩が終わるころ、僕は脳が発泡しているような感覚になっていた。できることなら草原に寝そべり、小鳥のさえずりと虫の羽音で彩られた静寂を味わいながら、十分ほど昼寝がしたかった。けれども、先に立ちあがった父に、オリーヴの実を叩き落とすようにと急かされた。若いおまえの力が必要なんだ、と父は繰り返した。俺一人ではもう限界だ。本当のところは、ただ僕と一緒の時間を過ごしたいだけであり、それはシュペルティーナでさえ容易にわかることだった。父は、長年離れて暮らした息子と畑で育まれた作物をともに食べたり飲んだりしながら、互いの理解を深めたいと願っていたのだ。

ときおり父は、なにも言わずに僕をこっそり観察していた。子どものころの僕の姿と重ね合わせていることは、悔恨に満ちた父の物憂げな眼差しから見てとれた。ところがそれも束の間で、すぐにまた自尊心に取って代わられるのだった。「ここにはすべてがそろっている」父は僕にいつもそう言っていた。「俺たちの土地は申し分がない。子どものように面倒をみてやりさえすれば、あらゆる神の恵みを分け与えてくれるんだ。たしかにもろい部分もあるけれど、命そのものであり、土地を失ったら俺たちは何者でもなくなってしまう」そのとき不意に父の自尊心が翳り、怒りに取って代わられた。「上に立つ連中が土地の真価を理解していないんだ。悪徳政治家や横暴な奴らが土地から搾りとれるだけ搾りとりやがる。村に生える貴重なベルガモットの実を搾るようにな」

夕方、搾油場へ行くと、父は煙草を吸いながら、指でオイルを舐めてみるようにと僕を促した。「どうだい？　率直な感想を聞かせてくれ」僕の意見はとっくにわかっているくせに、父は返事が待ちきれないというように尋ねた。

僕にはふだんと変わらずおいしく感じられた。むしろいつもより香りが高いくらいかもしれない。けれども父は僕に答える隙をくれず、「最高だろ」と自慢を始めるのだった。「当然だよな。今年みたいに粒ぞろいのオリーヴからは、極上のオイルが搾れるに決まってるんだ」

搾油所から家に帰ると、もはやパラッコ界隈にはわずかしか残っていない住民たちや、父の古い友人が訪ねてきた。誰もがどれくらいの量のオイルが搾れたか知りたがり、自分たちの搾油率と比較した。それが最後には決まって愚痴になり、新しい搾油業者は率が低すぎると批判するのだった。

新しいオイルを試すという口実で、父はペトゥッレを作ってくれと母に頼んだ。小麦粉を卵と水で溶いて揚げた団子のようなものだ（地方によってはじゃが芋のツェッポレ（揚げ菓子の一種）を「ペトゥッレ」と呼ぶこともあるらしい）。

「一緒に食べていかないか？」父はよく来客を誘った。「搾りたてのオイルを味見して、率直な意見を聞かせてくれ」

「新しいオイルは、なめらかになるまで何か月か寝かせないと駄目だよ」友人たちは父を説得したが、父は引き下がらなかった。

「確かにそうかもしれん。だが、朝の香りで、その日一日の旨味が決まるというじゃないか」

すでに別の料理を作りはじめていた母はぶつぶつ文句を言ったものの、ほどなく小麦粉を捏ねはじめ、フライ鍋にオイルを注ぐと、炉の前で、こんがりと揚がったペトゥッレを器用に鍋からすくいはじめた。軽く上に放り投げては、形を崩すことなく、曲芸のようにキャッチする。ひとつも焦げたところのない完璧な揚げ物が、ひとつまたひとつと皿に積みあげられ、やがて円錐形を成す。僕たちは、ほどよく冷めたところでそれにありついた。なくなるそばから母が揚げていった。

父も僕も、五つか六つは食べたろうか。ほかの人たちはもっと食べていた。はじめのうちは夕食を済ませてきたから満腹《ブッフィカート》だと言っていた人たちも、ひとつ、またひとつと手を伸ばした。

「それで、オイルの味はどうだね？」ペトゥッレを食べながら父が尋ねた。そのくせ、ほぼ確実に返ってくるであろう褒め言葉を待たずに、誇らしげに言うのだった。「極上だろ？　たとえ英国の女王だろうと、これほどのオイルは手に入らんね」

アルベリアのシェフと秘密のレシピ

「晴れて年金をもらえることになったから帰国したんだ」と、アルベリアのシェフ、フランコ・モッチャがちびちびと食前酒《アペリティーヴォ》を飲みながら言った。「本来なら、朝から晩まで広場にぼんやりと座って、通りすぎる車を数えたり、年々減少する一方の燕を数えたりしていればいいはずだが、働かずにはいられない性分だから、出稼ぎのあいだに貯めた金で労働の場を買うことになる。そんなこんなで、おまえの親父さんと同様、俺も二区画ほどの土地を購入したというわけさ。おまけに家族名義の古い農場も耕しているから、市場で売るほど野菜が穫れる。モーターを使って小川から水を引き、朝の五時、まるで激辛の丸唐辛子みたいな赤い太陽が海から昇るころに、たっぷりと水を遣るんだ。早朝の太陽は見事でおいしそうだから、ついかじってみたくなる。もうアルベリアのシェフはやめたのかって？　俺ももう昔みたいな体力はないし、必要とされてもいないだろう。いまどき声を掛けてくれる人がいると思うか？　まあ、そんなところさ。調子は悪くないね。年相応だよ」

　チロ・マリーナの海岸を望む洒落たレストランで、僕はフランコ・モッチャと差し向かいに座っていた。八年前に別れたときと少しも変わっていない。快活な瞳に、かすかに白いものの交じったふさふさの髪。真っ白な歯と滑らかに動く舌。手の動きは素早いし、背すじだってぴんと伸びていた。僕は、あのとき婚礼の宴に招いてくれた新郎新婦に神のご加護がありますようにと声に出して祈った。新郎は僕の幼馴染みなだけでなく、ハンブルクの鉄道会社でフランコ・モッチャと一緒に仕事をしたことのあるジェルマネージの息子でもあった。

「で、きみのほうは元気にやってるのか？　結婚したかい？　子どもは？」〈海のファンタジーの前菜〉を待つあいだ、アルベリアのシェフが尋ねた。

「いいや、まだですけど、今度の春に結婚する予定です。いまはドイツ人の婚約者と一緒に暮らしてます」

「ビーレフェルトで知り合った、例の彼女だね？」

　僕は笑顔でうなずいた。

「ハンブルクで話を聞いたときから、大切な女性《ひと》なんだってことが伝わってきたよ。彼女の話をするとき、きみの目が輝いていたからね。なくてはならない存在になったんだね」

　僕は、いまは教師の仕事をするために戻ったドイツと、トレンティーノ、そしてカラブリアのあいだを往ったり来たりしながら暮らしているのだけど、家族で最初に出稼ぎに行った祖父カルミネの足跡をたどって、よきアメリカ《メリカ・ボーナ》を旅する計画を立てていると話した。

「さながら、回転しつづける独楽だな。偉いぞ。その調子だ」フランコ・モッチャが、得意の、笑顔というオブラートに包んだ皮肉を言った。それからふたたび真顔に戻って続けた。「できるだけいろいろな場所をめぐって世界を味わいつくすんだな」

僕は彼にまた会えたことが本当に嬉しくて、何度も口に出して伝えた。それでも心の底で、その再会にどこか居心地の悪さを覚えてもいた。おそらく、アルベリアのシェフが、客として〈海のハーモニーのリゾット〉や〈サーモンのファルファッレ（蝶の形をしたパスタ）〉、〈四種のチーズのクレープ〉といった料理を食べている姿を見ていたせいだろう。食べながら「旨い《トゥ・ミーラ》、旨い《ブオーネ》、旨い《レッカー》」と三つの言語で歓声をあげているけれど、それが皮肉なのか本心なのか僕には判断できなかった。一方で、彼と一緒にいることによって強烈に呼び覚まされるのは、幼少期に食べた婚礼の宴の味覚だった。それは、海老の串焼きや気まぐれサラダ《インサラータ・カプリチョーザ》、レモンシャーベット、仔牛の腿肉、新じゃがのオーブン焼き、パイナップルのコアントロー煮、ウエディングケーキにトップブランドの発泡酒《スプマンテ》といった小洒落た料理には少しも屈しなかった。

レストランに併設されたバールで僕たちはコーヒーを飲んだ。フランコ・モッチャは、おそらく失望と居心地の悪さを僕の瞳から読みとったのだろう。僕がなにより好きだった、かつての味と再会するための具体的な提案をしてくれた。「俺の家に来てくれたら、フィルモ村かチーヴィタ村の、伝統的なアルバレシュ料理が食べられるレストランに案内するよ」

チーヴィタ村ならよく知ってます、と僕は答えた。イタリアでもっとも美しいアルバレシュの村のひとつで、夏に何度か広場に面したレストランで彼女と一緒に食事をしたことがある。僕らはいつだって食欲旺盛だった。ラガネッロ川の渓谷に沿って一日中ハイキングをし、昼にはパニーノしか食べていなかったのだから。ある晩などは、友人のエルコレと三人で酔いつぶれたこともあった。十二種類もの前菜をつまみにして、マリオッコ・ワインを浴びるように飲んだのだ。そのうえシュトリーデラットを食べたので、三人ともお腹がはちきれそうになり、すでに注文していた第二の皿《セコンド・ピアット》はあきらめざるを得なかった。その晩、泊まっていた宿〈鷲の巣《ニド・ダクイラ》〉では、僕らの高鼾《たかいびき》のせいで、ほかの客たちはみんな眠れなかったらしい。

アルベリアのシェフはさも愉快そうに笑った。「チーヴィタ村でたらふく食べたことがあるのなら、今度はフィルモ村に行こう。カルミネ・ロンゴという友達が店をやってるんだ」と僕を誘った。「ピプラ・クルシュクルという前菜をぜひ食べさせたいね。隠元豆に腸詰《サルシッチャ》めと乾燥唐辛子を加えて茹でた料理だ。それに昔ながらのシュトリーデラット。秘伝のレシピを教えてやるよ。第二の皿《セコンド・ピアット》は肉の盛り合わせだ。俺はいつもこれに唐辛子ペーストをつけて食べるのさ。あまりの辛さに、郷愁なんていう細菌はことごとく焼きつくされる。元気が出るから、きみにもぜひ食べさせたいね」

たしかに僕は元気の出るものを必要としていた。ずいぶん前から性質《たち》の悪い郷愁を追い払おうとしていたのだ。それは、いまいる場所とは別の場所に心を持っていかれる郷愁だった。明らかに僕は、心をむしばむ細菌を焼きつくせていなかった。フランコ・モッチャの言うことは的を射ていたのだ。

「じゃあ、また。なるべく早く会いにきます。ぜひフィルモに連れていってください」僕らはそう約束して別れた。

彼は僕の手をしっかり握ると、幽霊のような軽い足どりで砂浜へおりていき、アリーチェ岬のほうへ歩き出した。しばらくのあいだ僕は、砂のあいだをゆらゆらと遠ざかる彼の影を目で追っていたが、やがてそれも、八月の炎暑のなか、ビーチパラソルや海水浴客のあいだへと消えていった。


心待ちにしていたにもかかわらず、残念ながらアルベリアのシェフとの再会は叶わなかった。それから数日後、ケルンに戻らなければならなかったからだ。僕が教えていたドイツの学校は、八月の初旬に夏期講習が始まることになっていた。夏のあいだは仕事を休む習慣が身に染みついていた僕には、精神的な負担が大きかった。いくらドイツとはいえ、夏はやはり蒸し暑かったし、日によっては空気が淀み、とても耐えられたものじゃなかった。僕は荒い息を吐きながら絶えず汗を拭った。生徒たちもみな暑さにうだり、勉強する気などまったくなく、一刻も早く教室を出てプールに飛び込みたくてうずうずしていた。そんな彼らを相手に、オーブンのなかのような教室で息も絶え絶えに講義するよりも、未来の花嫁とアリーチェ岬の海で泳ぐか、カルフィッツィ村の家で過ごし、ちょうど八月に熟す黒無花果《ニヴレッリ》や、谷底から立ちのぼる涼気を存分に味わいたかった。

昼食はいつも、住んでいたケルン市リンデンタール地区のイタリア料理店で食べた。夕飯は、ドイツ料理、日本料理、タイ料理、アルゼンチン料理のレストランから日替わりで選ぶ。たいてい同僚や友達を二、三人誘った。一人で食事をすると考えただけで、食欲が減退したからだ。ほとんど僕がおごっていたため、それなりの月給をもらっていたにもかかわらず、月末が近づくと銀行口座にはわずかな額しか残らなかった。週末は一週間おきに、ベゼネッロに残っていた彼女のもとに通っていたせいもある。

金曜の夜に寝台列車でケルンを発ち、土曜の朝、僕にとっての「真ん中の土地」に到着する。そして月曜には午後からの授業にぎりぎり間に合うようケルンに戻るのだった。往き来には交通費が嵩むことは言うまでもなく、体力的にも大変だったけれど、それを上回る価値があった。彼女は待ちわびた喜びに目をうるませて出迎えてくれ、そんな彼女を、僕は出会ったばかりのころと少しも変わらず愛していた。僕は心に決めていた。ドイツでの教員の任期を終えたら、彼女とトレンティーノで暮らすことにしよう。「定住」という言葉は使いたくなかった。そんな言い回しは自分を不安にさせるだけだ。それでもトレンティーノに戻るたびに、僕が探し求めていた土地だと感じるのだった。あるいは土地のほうが僕を引き寄せたのかもしれない。そこは、ドイツで枯れかかっていた僕の夢をようやく蒔くことのできる肥沃な土地だった。教えることと物語を書くこと。いずれも僕にとってこの世でなにより没頭できる行為だ。けれど、それにも増して大切なのは愛だった。

何度も話し合いを重ねた挙げ句、僕たちはハンブルクとカルフィッツィの中間に位置するトレンティーノで結婚式を挙げることにした。僕の家族も、僕の未来の妻の家族も、その結論を尊重してくれるだろうし、ドイツ、トレンティーノ、アルバレシュ、カラブリア、ジェルマネージ、さまざまなルーツを持つ全部で百人ほどの招待客もみんな納得してくれるにちがいない。僕たちは二人とも、愛の絆を深めてくれた真ん中の土地に感謝していた。カラブリアにしてもドイツにしても、それぞれに有無を言わせぬ影響力を持っているため、逆に絆をもろくしかねない。

母を満足させるため、僕たちは市役所ではなくトレントの大聖堂《ドゥオーモ》で式を挙げることにした。さもないと母が寝込んでしまいそうだった。

長時間におよんだ式が終わるころには、みんなへとへとだった。義兄が一時間半の式の模様をビデオに撮ってくれた。何度も繰り返し映し出される大聖堂の古い床を背景に、よく響く声で式を執りおこなう司祭、互いへの愛にあふれた新郎新婦のクローズアップ、純白のウエディングドレスに身を包み、ブロンドの髪がベールからこぼれ落ちる美しい花嫁、はにかんだ笑みを浮かべている男女一人ずつの立会人——女性のほうはシチリア出身、男性のほうは中国出身だが、いずれもトレンティーノで知り合った——、涙を流す二人の母親、しょっちゅう席を外しては煙草を吸いに行く父、大聖堂《ドゥオーモ》の円天井を眺めたり、口に手を当てて式の感想を言い合ったりしている招待客たち、周囲には無関心で『スポーツ日報《ガッゼッタ・デッロ・スポルト》』を読みふける親族……。指輪の交換が終わり、大聖堂《ドゥオーモ》から出るときにお米やコンフェッティが撒かれたあと、舞台はがらりと変わり、僕たちはいきなりトブリーノ城のなかにいた。トブリーノ湖畔の景色に、まるで高貴な宝石のように嵌め込まれた美しい城のなかのレストランは、その見事な眺めといい、洗練された調度品といい、息を呑むほどの素晴らしさだった。

「カルミヌ、驚いたね。まさかおまえさんの結婚式の宴のために、城に招待されるとは思ってなかったよ！」同郷の者たちが、入り口でフェッラーリの発泡酒《スプマンテ》を飲みながら口々に言った。

ドイツ語とイタリア語で印刷されたメニュー表を招待客たちはじっくりと読んでいた。「前菜＝鹿肉のハムの苔桃添え、シェフのジェラシー。第一の皿《プリモ・ピアット》＝フィレンツェ風クレープ、アスパラガスのリゾット、野兎のミートソースのパッパルデッレ。第二の皿《セコンド・ピアット》と付け合わせ＝ニジマスの切り身の香草焼き、ミックスサラダ、レモンシャーベット、仔牛の腿肉のオーブン焼き、ハプスブルク大公風ローストビーフ、じゃが芋のオーブン焼き、甘辛のほうれん草、茄子とキノコのソテー。デザート＝マチェドニアのジェラート添え、ウエディングケーキ、エスプレッソとグラッパ」

三人の楽隊がいるホールの奥まった場所から流れる音楽は、最後のダンスまで、ほぼ披露宴のあいだじゅう奏でられていた。わずかに途切れたのは、同郷の者たちが僕たち新郎新婦のために音頭をとり、全員で祝杯を掲げたときぐらいだ。テーブルの上にはトブリーノ城の白ワインの優雅なボトルと、僕の生まれた年に父がボトル詰めした赤ワインが何本もならんでいた。大方の招待客がトブリーノ城のワインを好んだけれど、舅は例外で、僕らのワインをこよなく愛していた。父はそれをとても喜び、健康を祝して二人で繰り返し「乾杯《ツム・ヴォール》」した。それからドイツ語で、ほかの人たちはワインのことなどちっともわかっておらず、女性好みの軽いワインか酢のようなワインばかり飲んでいると陰口を叩いていた。

給仕が、見るからにおいしそうなアスパラガスのリゾットを銘々の皿に盛ってくれる。もう一種類のパスタ料理が運ばれてくるころには、父も舅も、そして大半の招待客も、すっかり酔い心地になっていた。

そのとき、白隠元と生の唐辛子の香りが僕の鼻のなかに忍び込み、楽しげなリズムを刻みながら寄せては返す波のように、力強く鼻腔を押しひろげた。一瞬、僕はなにごとか理解できなかった。そんなはずはない。次は野兎のミートソースのパッパルデッレの予定なのに、宴席にシュトリーデラットが運ばれてきたのだ。僕はむさぼるようにそれを食べた。我が目を疑ったけれど、鼻と舌はなぜか信じられた。

妻の顔をちらりと見ると、いたずらっぽい笑みが返ってきた。そのとき、聞き覚えのある声がして、僕はすべてを理解した。

宴席にアルベリアのシェフが現われたのだ。彼はまず花嫁に、次いで僕に祝福のキスをした。「結婚おめでとう、カルミヌ。サプライズを喜んでくれたかい？　俺からの結婚祝いだ。食材はみんなカラブリアから運んできた」

僕は立ちあがり、感謝の気持ちをこめて彼を力強く抱きしめた。そして、会食者たちに少し注目してくれるように頼み、シェフを紹介した。彼と知り合ったときのエピソードを披露したのだ。それからアルベリアのシェフに言った。「せっかく遠くまで来たのだから、秘密のレシピをみんなに伝授してください」

「このパスタは、見た目はタリアテッレのようですが、じつはそうではありません。言ってみれば我々アルバレシュのようなものです。我々も、一見イタリア人のようですが、完全にイタリア人というわけではない」アルベリアのシェフがなりたてるような声で演説を始めた。「とはいえ、とりたてて秘密なんてありません。極上の料理というのは、シンプルな食材でできているものです。秘密があるとしたら、それは料理する者の手と味わう者の舌にあります」

会場が拍手の渦に包まれた。シェフの話す言葉を理解できないドイツ人たちまで拍手をしている。

「これは、祖母の指先から母の指先へと伝えられ、こうして現代まで受け継がれた、昔ながらのレシピです」

料理からは、昔懐かしい香りが火山の噴煙のように勢いよく立ちのぼっていた。正直なところ、僕は早く続きを食べて幼少期の味に浸りたかったけれど、逸る気持ちを抑えて、みんなと一緒にシェフの話に耳を傾けた。

遠く隔たった土地や時代から伝承された魔法の指先で、硬質小麦と軟質小麦を半々、それに水と、塩を少々加えて生地を捏ねます。それから、いくつもの丸い塊にして、そのひとつひとつを左手でぎゅっと握っては、右手で伸ばしていく。シュトリーデラットという料理名はこの動作に由来していて、アルバレシュ語で「握って伸ばす」という意味なのです。

アルベリアのシェフの話はなおも続き、僕たちはそこに本当の秘密が隠されているかのように、ひと言洩らさず聞いていた。

いいですか、そのあいだに白隠元豆を煮るのですが、大切なのはテラコッタ製の深鍋を用い、金属製の鍋は避けること。さもないと白隠元豆がふっくら軟らかく仕上がらず、パン粥みたいにぼろぼろになってしまいます。それから、白隠元豆を煮ていた鍋のなかにパスタを入れて、深い愛情で結ばれていく新郎新婦のように、ゆっくりと混ぜ合わせます。次に、フライパンにカラブリアで生産された最高品質のエクストラヴァージンのオリーヴオイルをひいて大蒜をきつね色に焦がし、みじん切りにした生唐辛子と、カラブリア産のパプリカを炒めます。パプリカでなく赤ピーマンを使うと、高温に熱されたオイルに長く触れることで黒く変色するうえに、酸味が出て味も悪くなるのでご注意ください。最後に茹であがったパスタと白隠元をフライパンに加え、全体を軽くかき混ぜながら、二分ほど炒めればできあがり。あとはおいしくいただくだけです。

　僕がようやく誰にも邪魔されずに、目を閉じてシュトリーデラットを味わっていると、アルベリアのシェフが僕らのテーブルに来て座り、飲んでいた父のワインを盛んに褒めはじめた。そして、父や舅と何度も乾杯している。二人は会席者のなかでいちばんの年寄りだったけれども、矍《かく》鑠《しゃく》としていて、若い者に少しも引けをとらなかった。

「心ゆくまで味わってくれているようで光栄だね」アルベリアのシェフが僕に声を掛けた。

　現に僕は、イタリアではありながらイタリアとは思えない北の外れのトレンティーノで、緯度のさまざまな土地から集まってきた親しい人たちに囲まれながら、タリアテッレのように見えて厳密にはタリアテッレではないパスタを味わっていた。すると、まるでタイムスリップでもしたかのように、幼少期に口にした婚礼の宴の味が舌先によみがえるのだった。宴の締めに食べた伝統的な焼き菓子のムスタッツォーリや、伝統的な円舞《ヴァーリア》の記憶とともに。

そのとき、割れんばかりの拍手が湧き起こった。ホールに入ってきた四人の給仕が、野菜と香草で飾られた仔牛の腿肉のローストを高く掲げたのだ。まさに見る者の目まで楽しませる料理だ。その後、ケーキカットに入る前に、母がカルフィッツィから持参したムスタッツォーリを、コンフェッティの代わりに参会者に配りはじめた。一人ひとりに手渡しながら、おなじ言葉を繰り返している。

「うちの息子は地中海産の黒真珠です。地中海の黒真珠がドイツのお嬢さんと結ばれました」

そんなフレーズがなぜ母の頭に浮かんだのかわからないが、僕はひどく気恥ずかしかった。そんな僕の傍らで花嫁は声を立てて笑い、みんなも笑っていた。舅と赤ワインを飲んでいた父は、「地中海の黒真珠に」と杯を掲げた。酔いがまわりはじめていた僕は、頭がくらくらし、足もふらついていたが、花嫁の白い靴を踏みながらも踊りはじめた。妻の唇にキスをすると、ウエディングケーキと唐辛子の入り混じった味がした。

そうこうするうちに、新旧とりどりのダンスを踊りこなすプロのダンサーや多様なカップルでホールがいっぱいになった。みんなワインを飲むために足をとめる以外は、休みなく踊り続けている。最初のうちはトブリーノ城の白ワインを飲んでいた者たちも、ボトルがすべて空になると、リキュールかと思うほど熟成した、硬質で濃厚で甘美な赤ワインを飲みだした。父はそれをさも満足そうに眺めている。

アルベリアのシェフは全員で円舞を踊りたがったが、あいにくふさわしい音楽がなく、みんなの笑い者になるよりはと、故郷のダンスをあきらめて花嫁の母親と華麗なワルツを披露した。

ダンスが終わると、アルベリアのシェフはひと足先に帰っていった。ミュンヘンに住む娘に会いに行く約束をしているのだという。別れ際、僕を抱擁し、耳もとでささやいた。「これでようやくきみも、繰り言や郷愁ともおさらばだな。いいか、そんなものはなんの役にも立たん。それより、嫁さんと、そしていつか生まれてくる子どもたちと、素晴らしくて楽しい人生を謳歌するんだ。それが俺の秘伝のレシピさ。本当におめでとう!」

「今日の料理と、いままで食べさせてくれたおいしい料理すべてに感謝しています。近いうちに電話します。どうぞお元気で」僕は彼の瞳をじっと見つめながら約束した。父の瞳よりも色が濃くて鋭かったけれども、父の瞳とおなじ自尊心と威厳に輝き、ときおり良質なアイロニーの色を帯びることもあった。

「じゃあな、カルミヌ。また会おう!」アルベリアのシェフはそう言うと、足早にレストランから出ていった。

城門まで行ったところで、おそらくいちばん最後に担当した婚礼の宴の終わりの拍手や、別れを惜しんで振られた白いハンカチのことでも思い出したのだろう、しばらくその場で佇んでいたが、やがて両手を天に掲げて挨拶すると、一度も後ろを振り返ることなく、往年のスターさながらに舞台を去っていった。

アリーチェ岬でのデザート

DESSERT A PUNTA ALICE

クツッパと茜《あかね》に染まった卵

一緒に行くと言わせたくて、パスクエッタ（復活祭の翌日の月曜日）の日、僕は、その辺りでとりわけ光に満ちた場所であるアリーチェ岬に息子を連れていくと約束した。海が大好きなミケーレは、迷わず「行く」と答えた。

その年、僕は息子と二人で、復活祭の休暇に故郷のカルフィッツィ村を訪れた。妻は、まだ乳飲み児だったクリスティアンを連れて長旅に挑む勇気がなかったのだ。

七歳だったミケーレはいつもと違う季節の旅に有頂天になっていたけれど、それに輪をかけて喜んだのは祖父母だった。孫と一緒に復活祭を過ごすのは、初めてのことだった。

ミケーレを歓待するために、母はクツッパ（復活祭のときに食べる卵を丸ごと中に入れて焼いたパン）を作ることにした。本格的なクツッパを作るのは、僕の子どものとき以来だ。父が地元の言葉で「ロンゼン」と呼ばれる茜《ロッビア》を森から採ってきた。その根を母が平たい石で繊維がほぐれるまで潰し、ぬるま湯と産みたての卵の入った鍋に浸すのを、ミケーレは食い入るように見つめていた。生地は、母が朝のうちに軟質小麦粉にアニスシード、塩、砂糖、そしてオリーヴオイルを少々加えて捏ね、寝かしてあった。卵がだんだんと茜色に染まるのを待つあいだ、母は生地を紐状に伸ばし、三つ編みにしたりちぎったりしながら、じつに楽しそうに籠や小鳥、8の字形などを作っていた。リング状にした生地に三本の串を立て、その上から生地をかぶせて山小屋に模した大作まであった。

「ほら、お次はミケーレの番だよ」母にそう言われると、ミケーレは興奮して居ても立ってもいられないようだった。形のできあがった生地のなかに茜色に染まった卵を埋め込むのは、子どものミケーレの役目だったのだ。

夕方になると、発酵したクッッパを近所の家の窯に入れる。いちばん最初に焼きあがった、まるで夕焼け空のように赤く輝く熱々のクッッパがミケーレに贈られた。いまアリーチェ岬へ向かう車のなかで、ミケーレはそれを膝の上で大事そうに抱え、祖父母に挟まれて座っている。

車のなかにはオーブンで焼いたラザーニャの匂いが充満していた。プローヴォラチーズ、ミートボール、バジル、黒胡椒、挽き肉を自家製のトマトソースで和えた詰め物と、平たいパスタが交互に五層になっている。父は、カラブリア随一のワイン、チロの原料となる葡萄畑を眺めていた。「見事な葡萄畑だな。感服するよ。ここで造られるワインは本物だ」ふだんであれば、壊滅的な状態の道路や未完成のまま放置された住宅にはじまり、目につくものすべてに対して批判をならべるところだが、それも引っ込めたらしい。

目的地の手前で、サラセン人の市場《メルカーティ・サラチェーニ》の遺跡に沿って車を走らせていると、数十年ぶりに遺跡を見たという父は、然るべき形で修復がおこなわれたことを知って、満足そうだった。

僕たちは、吹きすさぶ風に長年さらされて樹冠がよじれた海岸松の根もとに車を停めた。アリーチェ岬は、潮の香りだけでなく、落胆と挑発の入り混じった嘲笑や強烈な光、そして昔ながらの砂埃で僕を迎えてくれた。僕は胸を締めつけられるような痛みを覚えた。波が打ち寄せる音、カモメたちの耳をつんざく鳴き声、吹きつける海風の音などがもつれ合ってひとつの声となり、そこに遠くから響いてくる郷愁に満ちた木霊がかぶさり、悲嘆や憤怒のこもった陰鬱なトーンを帯びたかと思うと、朗らかな笑いのように聞こえることもあった。

僕たちは灯台と海のあいだに立っていた。目の前にひろがる幅の広い砂浜は、波打ち際だけが粒の大きな砂利になっている。背後には檉柳《ぎょりゅう》やユーカリ、アカシア、ポプラ、松、そして黄色い花のマントをまとったフィーキ・ディンディアが生い繁り、そこここにヒナゲシの花が咲いていた。少し先には、雑草や午時葵《ごじあおい》の繁みに隠れるように、紀元前五世紀のアポッロ・アレオの神殿の遺構があった。視線を上に向けると、千年も昔に海の聖母《マドンナ・ディ・マーレ》岬の海岸線を加護するために建立されたという古の塔《トッレ・ヴェッキア》がそびえている。

「なんて素敵なところなんだろうね」母が叫び声にも似た歓声を洩らした。「ミケーレ、おまえさんも好きかい?」

「うん、お祖母ちゃん。好きだよ。だって海があるもん」まるでトロフィーかなにかのようにクツッパを腕でしっかり抱えながら、息子は大真面目に答えた。それから僕に向かって言った。

「パパ、海に入ろう。今日は暑いから」

「駄目だよ、ミケーレ。まだ四月だぞ。水は冷たい。海になんか入ったら、風邪をひいてママにこっぴどく叱られるぞ」

ご馳走の入ったバスケットを車から降ろすと、僕らはそろって海のほうへ歩きはじめた。

海流や風に果敢に切り込む剣先のようにイオニア海へと突き出しているのがアリーチェ岬だ。二辺の海岸線はどちらも砂浜で、片方はターラント湾、もう一方はコロンナ岬に面している。その日、僕たちは灯台の前まで行ってみた。反対側の海岸線には強風が吹きつけ、波も高くて恐ろしげだったけれど、その辺りは凪いでいたからだ。

かつて祖母が言っていたとおり、カラブリアのこの一帯からは人を虜にする妖力が発散されている。訪れるたびに僕を惹きつけるのは、猛々しい海だけでなく、民族と民族の混淆の痕跡や、人間の横暴にもかかわらず見る者を圧倒しつづける大自然の景観、風のなかで渦を巻いている過去の神話や現代の血塗られた物語なのだ。ただし、カラブリアでは頻繁に起こることだが、神秘的な魅力に満ちた場所のど真ん中に、良識ある者の目には違和感を覚えずにはいられない怪物がぬっと姿を現わす。ここでもモンテディソン社のイタリア製塩工場が、海のすぐ近くで大蛇のように鎌首をもたげていた。それはミケーレの目にも入った。

すると父がぶっきらぼうに言った。「ミケーレ、祖父《じい》ちゃんの真似をしろ。気に入らないものがあったら、別の方角を見るんだ」

砂浜のあちらこちらでバーベキュー用のグリルから煙が立ちのぼり、ご馳走にありつこうと人が群がっている。僕らとおなじことを思い立って海岸にやってきた家族が十組ほどいた。実際、パスクエッタのその日は、夏を思わせるみごとな晴天で、子どもたちは水着姿でボール遊びに興じていた。

僕たちは波打ち際のすぐ近くに陣取った。母は、折りたたみ式のテーブルにラザーニャの入った浅鍋を置き、ついでに少女のように軽やかな身のこなしで砂に指先で触れたかと思うと、その指に甘い口づけをした。

それを見ていた息子も、なかば茶化すように母を真似た。それから不思議そうに尋ねた。「お祖母ちゃん、どうしてお砂にキスをしたの？」

「お祖母ちゃんは頭がイカれて《バラバラ》るからだよ」母が答えるよりも早く、父が笑いながらそう言って、指で自分の額を叩いた。

一方、母は孫の問いに正直に答えた。「さあ、どうしてだろうね、ミケーレ。昔ながらの伝統だからかねえ。お祖母ちゃんのお母さんがそうしてたんだけど、理由はよく憶えていないんだ。悪いけど、すっかり忘れてしまったよ」

そこで僕は、十五世紀の終わりに僕らの祖先が船でその浜に到着したのだと息子に話して聞かせた。どうして？　オスマン帝国の支配から逃れるためさ。自分の故郷に留まって奴隷並みの扱いを受けるより、見知らぬ土地で自由に暮らすほうがいいと考えたんだ。

「ボートでイタリアにやってくる恵まれない人たちみたいに？」不意打ちを食らわすように息子が言った。

「まあ、そんなところだな」と、僕は答えた。
「ミケーレ、父ちゃんのことなんて放っておけ」父が横から口を挿んだ。「飯にするぞ。祖母ちゃんの料理の腕は抜群なんだ。お手製のラザーニャは絶品だ。ほらな、いい匂いがするだろう？」

ミケーレは嬉しそうにうなずいた。周囲では、ほかの家族たちも食事をはじめている。食器のぶつかる音や、陽気なお喋りに乾杯の音頭、あちらこちらから流れてくる音楽、犬の吠え声、貪欲なカモメの耳障りな鳴き声などで、波が返すときに立てる小石のさらさらという音が掻き消される。その瞬間、僕は反射的に自分の皿と息子の皿に覆いかぶさった。そしてほかでもなくこの浜で、祖母の作ってくれた〈海と山のオムレツ〉をカモメに奪われた話を初めて語って聞かせたのだった。

それを聞いて、みんな一斉に笑いだした。近くで食事をしていた別の家族たちのなかにも、笑っている者がいた。

子どものころ、おまえの父ちゃんは愚図《チョタレッロ》で、パンさえまともに切れなかったんだと、父がミケーレに言った。そして二人で口をそろえて、そんな愚図《チョタレッロ》だから自分のオムレツも守れなかったんだと、僕をからかった。

僕たちの隣で食事をしていた家族から、いろいろな料理のお裾分けが届けられた。イカやタコのから揚げ、腸詰め《サルシッチャ》のグリル焼き、パルメザンチーズをまぶしたじゃが芋のオーブン焼き、シラスのクレープ焼き、激辛サルデッラ、ムール貝の船乗り風《コッツェ・アッラ・マリナーラ》、片口鰯の詰め物のフライ、チロワインの入ったグラス……。どれも甲乙つけがたいほどおいしかった。母はお返しに、スライスしたソプレッサータや腸詰め《サルシッチャ》、ブティッロ（内側にバターを包んだプローヴォラチーズ）、特製のミートボールにラザーニャ、そしてなにより自慢のクッツッパをあげた。パスクエッタの日にどんな素敵な出会いがあるかわからないから、十個ほど余分に持ってきたの、と言いながら。

僕たちは食べたり飲んだりしながら、ひとしきり料理の話に花を咲かせた。六月になると熟していた香り高い姫林檎のように、最近ではめっきり見かけなくなった果物のことを懐かしそうに思い起こす者もいれば、カラブリア一風光明媚なアリーチェ岬を褒めそやす者もいた。アリーチェ岬の美しさについては、幼いミケーレも含めてみんなの意見が一致した。ミケーレはといえば、一時間あまりのあいだですっかり浜辺の人気者となっていた。一品、また一品と料理を分け合ううちに、見ず知らずだった人たちが、久しぶりに再会した昔馴染みのように感じられた。

ミケーレが、それまでさんざん目で舐めまわしていたクッツッパにようやくかぶりついた。なにか考えごとでもしているのか、海の向こうをじっと見つめている。おそらく、この場にいない母親と小さな弟のことを想っているのだろう。それは僕もおなじだった。目と鼻の先に広大な海がひろがるこの場所に、二人も一緒にいてくれたならどんなにいいだろう。祖母の影響で、僕はずっとこの場所に魅了されてきた。妻もアリーチェ岬が大好きだった。ただし、彼女にとってのこの場所は〈海と山のオムレツ〉の味と結びついたものではなく、夏場にビーチパラソルの下で食べる辛口ピーマンや、プローヴォラチーズとサルデッラを挟んだパニーノの味と結びついていた。

ミケーレは、魚の餌にするクッツッパの屑と、むいて赤い紙吹雪状に砕いた卵の殻を海に投げ入れた。次の瞬間、僕は一羽の狡猾なカモメが鳴き声もあげずにさっと羽ばたき、地面から飛びあがるのを見た。くちばしが息子の手のなかのクッッパを狙っている。ほんの一瞬の出来事だった。胸のうちでずっとくすぶりつづけた子ども時代の憤りのせいで、僕の身体が弾けたように動いた。大急ぎでミケーレの上に覆いかぶさり、全身で息子を護ったのだ。カモメは僕にぶつからないよう急旋回したかと思うと、瞬く間に海の上まで飛んでいき、僕らに向かって威嚇するように鳴きたてた。そして、発情した猫を思わせる濁声《だみごえ》を残して飛び去った。

僕の数センチ前でミケーレの青い眼が笑っていた。額にキスをしてやると、ミケーレは感謝の気持ちをこめて、クッッパを僕の口もとに差し出した。僕は喜んでかぶりついた。長いこと忘れていた喜びの味がした。

注記と献辞と乾杯と

この本の着想はかなり以前から頭の片隅にあったのだが、まるでメニューが際限なくあるレストランにいるような感覚だった。あれもこれもと欲張って食べすぎるか、さもなくば、選択肢が多すぎてなにを選べばいいか決められない気がしたのだ。そんな折、脳裡に、いや口のなかに、忘れがたい味がよみがえった。祖母の作ってくれた〈海と山のオムレツ〉だ。私はそのオムレツを、一年前のパスクエッタの日に久しぶりに味わっていた。

それからは楽しくて筆が止まらず、一気に書きあげた。忘れられない懐かしい味や新しい味があちこちにちりばめられた時間軸と、地理的な行程をたどりながら。それは私の個人的な歩みであると同時に、親しい者たちと分かち合った歩みでもある。

「海と山のオムレツ」と「アンナ・カレーニナを知った夏」「大蒜とオイルと自尊心と」「ルカのオリーヴの家」「クリスマスの十三品のご馳走」は、それぞれ『コッリエーレ・デッラ・セーラ』『ラ・レプッブリカ』『AD』『ラ・クチーナ・イタリアーナ』に初出の短篇に若干の手を加えたもので、さらなる味覚と混ぜ合わせ、豊かにしつつ、新たな装いのもとでお届けする。

南部と北部、いずれの料理もならんだ理想の宴席のメニューを模した構成の本書に、旧知の仲であるアルベリアのシェフを登場させないわけにはいかなかった。彼については、『足し算の生と、そのほかの旅〔Vivere per addizione e altri viaggi〕』（二〇一〇年）所収の短篇でもとりあげたけれども、本書『海と山のオムレツ』でも、彼について語りたかった。そこで未発表のエピソードを加えつつ、彼の十八番の料理を四つの物語に分けて収めることにした。

プロフェッショナルの知識と熱意で本書の草稿に目を通してくれた友人たちに深く感謝する。ステファノ・テッタマンティ、マリレーナ・ロッシ、カルロ・カラッバ、ニコレッタ・レボア、ジャンナ・ペドラッツォーリ、アルヴァーロ・トルキオ、マリオ・デ・ラウレンティス。そして、「最高の調味料は空腹である」という、庶民のあいだに伝わる格言を思い出させてくれたカタルド・ペッリにも感謝したい。

本書を、味覚について造詣の深いロベルト・チェラウドに捧げたい。彼は息子たちと共に、生涯を味の追求に費やしてきた。夢想家でありながらも自らの土地にしっかりと根を張り、土地に厚い敬意を払い、その代わりに土地からオリーヴオイルやワイン、野菜や柑橘類などを受け取っている。いずれも食品添加物とは無縁のものばかりだ。本書『海と山のオムレツ』の最後の杯は、この先見の明があり、度量の大きな男に掲げたいと思う。彼が醸造したワインをグラスに注ぎ、彼の経営するアグリツーリズム兼レストラン《ダッティロ》の壁に記された、「幸せ者とは、周囲の人々を幸せにできる人のことである」というフレーズを唱えながら。

訳者あとがき

本書『海と山のオムレツ』には、イタリア半島の最南端、カラブリア州に生を享けた作家カルミネ・アバーテが、食をキーワードに自らの半生をたどった十六の短篇が収められている。二〇一六年にモンダドーリ社から刊行された *Il banchetto di nozze e altri sapori* の全訳であり、原題をそのまま訳すと、『婚礼の宴と、そのほかの味覚』となる。

幼少期に祖母と訪れた浜辺でのオムレツの思い出にはじまり、村での婚礼の宴にならぶ伝統料理、愛犬と見つけた森の秘宝、家族みんなで囲むクリスマスのご馳走、父と手ずから摘んだオリーヴを搾ったオイル、仕事のために移り住んだドイツや北イタリアでの食事……。折々に口にした食べ物の味や香りや色が、それを調理してくれた人、一緒に食した人たちの表情や情景とともに記憶のなかにしまわれていく。

昔語りのような筆致で再現される個々のエピソードは、目で文字を追っているだけだというのに、読む者の味蕾と鼻腔をたしかに刺激する。そして、読み進めるにしたがって、アバーテという作家を育んできた食や経験、人情の機微が見えてくると同時に、家族の歩みやカラブリアという土地、アルバレシュ共同体の歴史や現状までもが浮かびあがってくる。食べることは、すなわち生きることであり、いかに食べるかは、いかに生きるかにも通じる。

本書が刊行された際、アバーテはインタビューで次のように語っている。

「証明すべき説があらかじめあったわけではないけれど、自らの人生を語ることで、人生の節目ごとに、食べ物との出会いがいかに重要だったか改めて気づくことができました。(中略)その土地ごとに味というものがある。自分の生まれた土地の味を獲得し、別の土地へ行けば、また新たな味との出会いがある。まさに、こうした味の混淆や、なにかを足していくという営みこそが、故郷を後にする者だけでなく、迎える側にとっても、真の豊かさにつながると思うのです」

目次からもわかるように、本書はイタリアンレストランのメニューを模した構成をとっている。とはいえ、そこに並べられた皿《ピアット》は、一般的なイタリア料理(そのようなものが存在するとして)でも、カラブリアという一地方の郷土料理でもなく、複数の文化や伝統の出会いから生じた、実に彩り豊かなものだ。それこそが、複層的な文化と言語を生きてきたアバーテという作家の持つ懐の深さであり、魅力でもある。

＊

カラブリア州は、ティレニア海とイオニア海、二つの美しい海と降りそそぐ陽光に恵まれた、風光明媚な土地だ。そんなカラブリアを象徴する食材は、なんといっても唐辛子。各家庭の台所には、ころころとした丸いものや、細長いもの、「コルニチェッロ」と呼ばれる角《コルノ》の形をしたものなど、大きさも形も様々な、しかしいずれも「舌を燃やし、思い出を焼きつくすことができる」ほど辛い唐辛子が吊るされ、料理に欠かせない存在となっている。「カラブリアのキャビア」（あるいは「庶民のキャビア」）とも呼ばれる名物料理のサルデッラは、この唐辛子と青背の魚の稚魚《しらす》を混ぜてペースト状にしたものだし、ンドゥイヤは、豚肉のミンチに唐辛子を混ぜて腸詰めにした柔らかなサラミで、どちらもパンに塗って食べたり、別の料理の味付けなどに用いられたりする。ほかにも、本書に登場する料理の多くに唐辛子が用いられている。

また、近海でとれた鰯の塩漬け、シーラ山地で生産される各種のチーズやじゃが芋、自家製のオリーヴオイルやワイン、スイカや無花果《いちじく》をはじめとするとれたての果物など、地元の海や山で育まれる食材が、地産地消のお手本のように食卓を彩る。

一方で、とりわけクリスマスや結婚式などの重要な行事の際に、家族総出で、場合によっては近隣の住民総出で準備されるのが、アルバレシュの伝統料理だ。

イタリア半島の南部諸州とシチリア島には、アルバレシュと呼ばれる村が五十ほど点在しており、とりわけカラブリア州にその半数以上が集中する。いずれも、十五世紀から十八世紀にかけて、オスマン帝国の圧政から逃れてきたアルバニア人たちによって築かれたもので、合わせておよそ十万人ともいわれる人々が暮らしている。

アルバレシュの村々では、代々受け継がれてきた伝統や文化が大切に守られているだけでなく、いまだにアルバレシュ語という特殊な言語が話されている。アルバニア南部の方言トスク語が、ギリシア語や南部イタリアの方言などの影響を受けながら変化した、現代のアルバニア語とも表記法からして異なる言語だ。

そんな村のひとつであるクロトーネ県のカルフィッツィで生まれ育ったアバーテは、就学年齢の六歳になるまでアルバレシュ語しか話さず、イタリア語は小学校で初めて学んだ。しかも興味深いのは、アルバレシュ語が家庭や村のなかで口承されたものであり、文字とともに学んだものではないという点だ。

家には学校の教科書以外に本らしきものはなく、十六歳になるまでほとんど小説を読んだことがなかったというアバーテにとって、物語とは、祖母が口ずさんでいたラプソディであり、出稼ぎから戻るたびに父が聞かせてくれた異国の話であった。

少年時代、祖母の歌うラプソディを書き留めようとしたときのエピソードを、アバーテは次のように語っている。

「その日、祖母はお気に入りのラプソディを歌い、僕は歌詞を書きとろうとしていた。僕たちの母語であるアルバレシュ語の古い言葉で、僕はそれをよく知っているはずだった。なのにたびたびペンが止まってしまう。（中略）結局、僕はその大半をイタリア語に訳さなければならなかった。というのも、アルバレシュ語を書けなかったのだ。学校では教わらなかったし、僕の知っているイタリア語のアルファベット二十一文字では、どんなに努力しても三十六文字のアルファベットで構成された言語を書き写すことなど不可能だった。

ノートに書かれた落書きの雲のような線は、なにもいいことは予感させなかった。僕は背筋が震えた。あと百年して祖母が死の風の影に出会うことになったら、彼女の美しいラプソディや、古い物語、お伽噺は、おおまかで断片的な翻訳しか残らず、僕自身でさえ、どんな意味だったかわからなくなってしまうだろう。

祖母のラプソディを録音しようと決めたのはその日のことだった。言葉や物語だけでなく、リズムや響き、祖母の恋するような声を記憶にとどめたかった。時間や息継ぎや沈黙を固定して、将来、いつでも僕の好きなときに取り出せるようにしておかなければならない」（短篇集『足し算の生と、そのほかの旅』所収、「ラプソディ」より）

アバーテの祖母だけでなく、アルバレシュの人々は、代々ラプソディという形式で先祖の歴史や記憶を次世代に口承してきた。幼い頃からそれを聞いて育ったアバーテにとって、親や祖父母から聞いた話や、家庭で大切につむがれてきた日々の営みを小説という媒体を通して伝えることは、ごく自然な成り行きだったのかもしれない。

このようにアバーテは、幼少期からカラブリアとアルバレシュという二つの文化と言語の混淆のなかで育っただけでなく、ドイツに出稼ぎに行っていた父や村の男たちからはドイツの言葉や話も聞いていた。その後、高校生になると夏休みの長期アルバイトで父のいるハンブルクに滞在し、大学を卒業後は、父の反対を押し切るように職を求めてドイツに移住。そこで、のちに妻となる女性と出会い、やがて、「ハンブルクと故郷の村のちょうど真ん中にある」北イタリアのトレンティーノ地方に彼女と一緒に移り住み、定住先とする。

時には必要に迫られて、時には自らの選択で生活の場を変えてきたアバーテは、行く先々で新しい文化や食べ物と出会い、それらを受け容れることにより、自らのアイデンティティを豊かにしてきた。そんな生き方を「足し算の生」と名づけ、「移住」の体験を、「怒り」や「悲しみ」とともに語るのではなく、融合をもたらし、新しいものの見方を獲得する好機として捉えようとしてきたのだ。

二〇一〇年に発表された『足し算の生と、そのほかの旅』は、「旅」をキーワードにして自らの歩みをたどった、本書の姉妹編ともいえる短篇集だ。その巻末に、次のような決意が語られている。

「私が最初に書いた物語は、一九八〇年代にまでさかのぼる。当時、私はドイツに住んでいて、移住を強いられるという不平等を告発するために書いていた。人が自らの故郷を離れて、どこか別の土地で暮らさなければならないということは、私にはひどい不条理に思われたのだ。必然的に、当事者として体験した出来事を、怒りを込めて語っていた。旅立ちにつきまとう心の傷、二つの国を往き来しながら生活することによって生じる苦労、新しい社会に溶け込むことの難しさ、人種差別、そして複数の文化の衝突や出会い……。物語の主人公はジェルマネージ、すなわち故郷からドイツへと移民していく者たちだった。要するに、ドイツ人でもカラブリア人でもアルバレシュ人でもなく、その混淆《ハイブリッド》たちだ。彼らの話す言葉もまた、同様に混淆《ハイブリッド》だ。(中略)

そのあいだ私は、ドイツと、北イタリアのトレンティーノ州、そして故郷のカラブリアを往ったり来たりした。すると、移住という体験によってもたらされる豊かさなど、ポジティブな側面にも目が向くようになった。なぜならば、複数の文化を体験し、複数の言葉を話し、新しい眼差しを獲得し、別の視点から人生を見つめなおすことは、豊かさ以外の何ものでもないはずなのだから。(中略)

複数の断片から成り立つアイデンティティ、いや、より正確にいうならば、足し算のアイデンティティは、その本質からして動的なものであり、つねに変化を続ける。あたかも、どこへ導かれるかわからない、未来への行程であるかのように。わかっているのはただ、自分はそれをたどっていき、つねに生み出し続けなければならないということだけだ」

そんな彼の、書き続けることへの決意と喜びが、本書『海と山のオムレツ』に結実したといえるだろう。

＊

一九五四年に生まれたカルミネ・アバーテが作家として実質的にデビューしたのは、一九九一年、「円舞〔*Il ballo tondo*〕」である。以来、おもにカラブリアを舞台に、生まれた土地から離れることを余儀なくされた者たちと、土地にしがみついて生きる者たちの姿を描いた小説を、これまでに短篇集も含めて十三作品あまり発表している。そのうち、『風の丘』、『ふたつの海のあいだで』（いずれも拙訳、新潮クレスト・ブックス）、『偉大なる時のモザイク』、『帰郷の祭り』（いずれも栗原俊秀訳、未知谷）の四冊の長篇小説がこの数年のあいだに相次いで邦訳され、本書で五冊目となる。本書と一緒にこれらの長篇小説を読むことにより、アバーテの作品世界が合わせ鏡のように像を結び、多面的に浮かびあがり、奥深いものとなっていくので、まだ読まれていない方は、ぜひ手にとっていただきたい。

本書を上梓した翌年の二〇一七年、アバーテはイタリア文化会館の招聘で東京を訪れ、ヨーロッパ文芸フェスティバルに参加、土地と文学をテーマに大分県蒲江町出身の作家、小野正嗣氏と対談したほか、本書の巻頭の短篇「海と山のオムレツ」をイタリア語で朗読した。アバーテの語りは音楽のように耳に心地よく、聴衆を魅了する力を持っていた。それはおそらく、民族が背負ってきた歴史を次世代につなげていくアルバレシュの語りの伝統が、アバーテのなかに息づいているからだろう。

新潮クレスト・ブックスで三冊目となるカルミネ・アバーテの作品を、こうしてお届けできることをたいへん光栄に思う。

末尾になったが、本書の翻訳にあたってお世話になった方々に、この場をお借りして心より感謝したい。

なにより、訳者を信頼し、本書の邦訳を委ねてくださった著者のカルミネ・アバーテさん。訳者のいくつもの質問に丁寧に答えてくれただけでなく、来日の折には、本書の随所に登場するアルバレシュ語の発音を根気強く教えてくれた。

それと、本書に共感し、翻訳刊行への道筋をひらいてくださった新潮社の佐々木一彦さんと須貝利恵子さん。また、編集の労をとってくださったおなじく新潮社の前田誠一さん。いつも細かなフォローをありがとうございます。

そのほか、常日頃から訳者を様々な形で支えてくれている友人や家族にもありがとうと言いたい。

決して豪勢ではないけれど、地元の土の味のする美味しい食材を、手間と真心とともに調理し、それを親しい人と分かち合い、招き招かれながら人と人とがつながっていく。そんなごく人間的な日常がどれほどありがたいものなのか、この数か月ほど身に染みたことはなかった。自由な移動がかなわず、自分たちのまわりに壁を築きがちないま、境界を越えることによって新たな文化や味覚や価値観と出会い、他者の生に思いを馳せ、それを自らの豊かさにしていこうというアバーテの「足し算の生」という考え方が、なおさら貴重なものとして心に響く。

この本を読んでアバーテの描く世界に魅了された方々が、思い立ったときにカラブリアやアルバレシュの村々を訪れ、現地の料理を堪能できる日が一日も早く戻ることを祈ってやまない。

関口英子

二〇二〇年立秋　奥武蔵にて

Il banchetto di nozze e altri sapori
Carmine Abate

海《うみ》と山《やま》のオムレツ

著 者
カルミネ・アバーテ
訳 者
関口英子
発 行
2020年10月30日
5 刷
2024年 3 月15日
発行者　佐藤隆信
発行所　株式会社新潮社
〒162-8711 東京都新宿区矢来町71
電話 編集部 03-3266-5411
読者係 03-3266-5111
https://www.shinchosha.co.jp

印刷所
株式会社精興社
製本所
大口製本印刷株式会社

ISBN978-4-10-590168-4 C0397

CREST BOOKS
Shinchosha